宋玦如 ◎ 编著

狂罗小扇扑流萤

北方文艺出版社

图书在版编目（CIP）数据

轻罗小扇扑流萤 / 宋琬如编著 . -- 哈尔滨 : 北方
文艺出版社，2020.10

（少年飞花令）

ISBN 978-7-5317-4845-8

Ⅰ . ①轻… Ⅱ . ①宋… Ⅲ . ①古典诗歌－诗歌欣赏－
中国－少儿读物②词（文学）－诗歌欣赏－中国－古代－少
儿读物 Ⅳ . ① I207.2-49

中国版本图书馆 CIP 数据核字（2020）第 143908 号

轻罗小扇扑流萤

QINGLUO XIAOSHAN PU LIUYING

编　著／宋琬如

出 版 人／薛方闻　杨　晶

责任编辑／王　爽　　　　　　　　封面设计／周　正

出版发行／北方文艺出版社　　　　网　址／www.bfwy.com

邮　编／150008　　　　　　　　　经　销／新华书店

发行电话／（0451）86825533　　　地　址／哈尔滨市南岗区宣庆小区 1 号楼

印　刷／艺堂印刷（天津）有限公司　开　本／680×915　1/16

字　数／90 千　　　　　　　　　　印　张／7

版　次／2020 年 10 月第 1 版　　　印　次／2020 年 10 月第 1 次印刷

书　号／ISBN 978-7-5317-4845-8　　定　价／25.60 元

序言

彭敏

　　如果要用一个词来形容诗词对孩子的人生所起的作用，我认为是"点亮"。大文豪苏轼说得好："腹有诗书气自华。"读诗词和不读诗词，真的是两种完全不同的童年。美丽动人的诗词，会点亮一个孩子的人生，让他的灵魂像大海一样辽阔且丰盛。那些抑扬顿挫的韵律和百转千回的情思，会给孩子的想象力插上一对巨大的翅膀，让他们能够跨越浩瀚时空，去和李白、杜甫、苏轼这些伟大的灵魂执手言欢，促膝长谈。

　　《中国诗词大会》的热播，在全中国的孩子们当中掀起了一股读诗词、背诗词的热潮，飞花令游戏也风靡一时。常见的诗词选本都是按照诗人所处年代的时间顺序来编排，"少年飞花令"这套书却独辟蹊径，以飞花令为切入点，选取诗词中经常出现的常见字及组合进行编排，让孩子在阅读经典诗词的同时，还能遍览飞花令的诸多玩法，既提升了诗词储备量，也在无形中练就了飞花令的"绝技"。为了不让持续阅读的过程流于枯燥疲累，书中插入了许多趣味小故事，让诗人的形象变得更加丰富立体，不时还会有趣味诗词游戏，寓教于乐，劳逸结合，这样的阅读体验着实令人心旷神怡。

　　诗词是中国人的文化原乡，孩子们的精神沃土。愿天下喜爱诗词的孩子，都能从这套书里拥抱诗词的美好，感悟人生的真谛！

（彭敏，第五季《中国诗词大会》总冠军，中国作家协会《诗刊》社编辑部副主任）

前言

　　春城飞花时，秋篱雨落后，携一缕诗香，在流年中漫步，便是人生最美的遇见。读诗，读史；读词，读人。展卷阅诗词，不知不觉，便已将世间风景阅遍。无论辗转多少岁月，诗词的纯净至美都足以令人陶醉感怀。花前对月，泪里梧桐，栏杆斜倚，柳下松风，咏不尽的风物，诉不尽的真情；云涛晓雾，暗香蛙鸣，沧海渺渺中，自见壮怀山水。

　　飞花令，古代文人墨客宴饮时常行的一种助酒雅令。古往今来，有不少流传千古的名章佳句都是在行飞花令时即兴创作而得。俯仰上下，想到那时的盛况，纵然不能目睹，也能想见时人的文采风流、才思机敏。

　　读诗览胜，对词怀古，人生最美的旅行，便是乘诗词之舟，跨越千年，与名人雅士来一场穿越时空的邂逅。为此，我们精心遴选了历代诗词大家的经典之作，以飞花令的形式，为青少年读者量身定制了这套"少年飞花令"。

　　我们徜徉在诗词胜境中，既能看春夏秋冬四时之绚烂、观风霜雨雪各自妙景，又能品梅兰竹菊无双淡雅、阅鱼虫鸟兽自然性灵，不知不觉，便已沉醉其中。诗词千般，卷帙浩繁，不一样的格律、不一样的感喟，述的却是同一段历史、同一种悠情。

　　成人读诗，读的是人生；少年读诗，读的则是趣味，是品格，是志向。万里长天共月明，飞花有时最情浓。飞花令里读诗词，浮沉过往，让少年感知历史，鉴阅人生，以古知今，培一种性情，养一段雅趣。

玩转飞花令

古代飞花令

　　飞花令其实是中国古代一种喝酒时用来罚酒助兴的酒令，"飞花"一词出自唐代诗人韩翃的《寒食》中的"春城无处不飞花"一句。该令属雅令。一般来说，行令时选用的诗句不仅必须含有相对应的行令字，而且对该行令字出现的位置同样有着严格的要求。行令时首选诗和词，也可用曲，但一般不超过七个字。例如：

> 花开堪折直须折（"花"在第一字）
>
> 落花人独立（"花"在第二字）
>
> 感时花溅泪（"花"在第三字）

以此类推。可背诵前人名句，也可即兴创作。当作不出、背不出诗或作错、背错时，则由酒令官命其喝酒，算是一个小小的惩罚。

　　当然，"飞花令"并不局限于"花"字，诸如"月""酒""江"等经常在古诗文中出现的字都可以成为"飞花令"的行令字。

超级飞花令

　　历经时代变迁，飞花令在岁月流转中，演绎出了不同的玩法。超级飞花令便是其中的一种。它要求行令时一句或相邻的两句诗词中含有给定的主题词，对主题词出现的位置没有要求。以主题词是"时间"为例：

> 阴阳割昏晓
>
> 昨夜星辰昨夜风
>
> 罗衾不耐五更寒

以此类推。玩法较古代飞花令更加灵活，可以让孩子和大人一起参与，共同感受流传千古的诗词经典之美。让诗词在历史长河中熠熠生辉，影响一代又一代的中国人。

目录

注：★为小学必背古诗词
　　★为初中必背古诗词

花非花

[唐]白居易

花非花，雾非雾。
夜半来，天明去。
来如春梦几多时^①，
去似朝^②云无觅处。

注释

①几多时：时间不多。②朝云：这里借用楚襄王梦见巫山神女的典故。宋玉在《高唐赋序》中写："妾在巫山之阳，高丘之阻。旦为朝云，暮为行雨。朝朝暮暮，阳台之下。"

译文

像花而不是花，似雾又不是雾，夜半时分到来，天明即离去。来的时候就如美好的春梦，是那么短暂；离开时又像清晨的彩云般散去无踪。

赏 析

作为唐代伟大的现实主义诗人，白居易的诗少有风花雪月之谈，而多时事兴亡之叹，关注民生疾苦，浅白中见情真，质朴中有意趣。然凡事总有例外，铁骨亦有缠绵，即便旷达平实如白居易，亦难免偶有吟莫名、欲语还休之时。这首颇具朦胧意味、似不知其所云为何的《花非花》便属这类作品。

这首小诗很短，从结构上来看，既类似唐时三三七语式的民谣，又有几分宋时小令的雏形，单从结构上，便令人耳目一新。而且，三七轮换之句式，本身便兼具了错综与整饬的节律之美，细细读来，更觉优美无限。

诗通篇博喻，可自始至终从未表明本体为何。第一、二句"花非花，雾非雾"，生动灵巧，表明诗人所状之"它"既不是花，也不是雾，但又似花、似雾，寥寥几笔，不设问，不伏笔，却自然而然地引发了读者无限的遐思。之后四句，诗人进一步对"它"的情状进行描述，"夜半来，天明去"，极言了"它"的倏忽易逝，"来如春梦""去似朝云"则具体阐释了"它"与易逝相谐的美好本质。四句连环，似行云流水自然相扣，朦胧之中暗藏真意。

意为何？见仁见智。有人说，《花非花》吟咏的是一种禅意，是一种"世事无常，所有色相皮囊皆空"的佛韵感悟；有人说，《花非花》是在含蓄地咏官妓，是借巫山神女的典故来巧妙地描写男女情事。但概而言之，诗人所感、所伤、所怀，无外那曾经短暂存在却又悄然消逝的往事，不拘是人、是物、是记忆、是感悟，还是其他。诗人既未言明，个中真意便唯有读者细细体悟了，不同阅历、不同经历的人，感受到的意境与情感自然也就不同。似真非真，欲说还休，或许，诗人想要营造的本就是这样一种空灵朦胧、咀嚼不尽的意境吧。

小学必背 悯①农（其二）

［唐］李绅

锄禾日当②午，汗滴禾下土。
谁知盘中餐，粒粒皆辛苦。

注释

①悯：怜悯，同情。②当：正当。

译文

盛夏正午，农民顶着太阳劳作，汗水涟涟，滴落到禾苗下的泥土中。有谁知道那盘中的餐食，每一粒都是农人辛苦劳动得来的呀！

赏析

这首浅易的五言绝句很多人上一年级时就会背了，可你是否静下心来深入思考过它背后的深刻含意呢？

土地是国家的根本，粮食是生存的基础，但在土地上辛苦劳作的农民历来容易被忽视，诗人高居庙堂，却能体会农民疾苦，为他们鼓与呼，单是有这种情怀就非常不易。

对于农人之苦、种田之苦，诗人并没有铺陈罗列，而是截取了一个断面，夏日正午的农人劳作图就像一个特写镜

头般，开头即夺人眼目。然后，诗人转入说理，反问的语气带着强烈的感情，也增强了说服力。一粒粒粮食是农人的滴滴汗水换来的，诗人体察入微。整首诗通俗、质朴，读来朗朗上口，所以流传甚广，妇孺皆知。

秋夕①

[唐] 杜牧

银烛秋光冷画屏②，轻罗小扇扑流萤。
天阶夜色凉如水，卧看牵牛织女星。

注释

①秋夕：秋天的夜晚。②画屏：有精美图案装饰的屏风。

译文

银烛的光映在画屏上，一片幽暗清冷。美丽的宫女秋夜里手执绫罗小扇，轻轻扑打着飞来飞去的萤火虫。夜色中她坐在石阶上，感到阵阵如水清凉，抬头凝视夜空，看牛郎织女星闪闪烁烁。

赏析

此诗写一个失意宫女的孤独生活和凄凉心情。前两句描绘出一幅深宫生活的图景：在一个秋天的晚上，白色的蜡烛发出微弱的光，给屏风上的图画添了几分昏暗幽冷的色调。这时，一个孤单的宫女正用小扇扑打着飞来飞去的萤火虫。在古代，扇子本是夏天用来扇风的，秋天就没用了，所以古诗里常以秋扇比喻弃妇。这个情景写出了宫女的寂寞，而且有流萤飞过，大概宫女的居所也是荒凉的。

"夜色凉如水"，暗示夜已深沉，寒意袭人，该进屋去睡了。可是宫女依旧坐在石阶上，凝望着天上的牵牛星和织女星，这是因为牵牛、织女的故事触动了她的心，使她想起自己不幸的身世，也使她产生了对于真挚爱情的向往。诗歌借景抒情，含蓄蕴藉，十分耐人寻味。

无题·昨夜星辰昨夜风

［唐］李商隐

昨夜星辰昨夜风，画楼①西畔桂堂②东。
身无彩凤双飞翼，心有灵犀③一点通。
隔座送钩④春酒暖，分曹⑤射覆⑥蜡灯红。
嗟余听鼓⑦应官去，走马兰台⑧类⑨转蓬⑩。

注释

①画楼、②桂堂：都是形容华贵精美的屋舍。③灵犀：古代视犀牛角为灵异之物，角中央有一条上下贯通的白线，古人认为其感应灵敏，以其喻心意相通。④钩：一种游戏用具。⑤分曹：分

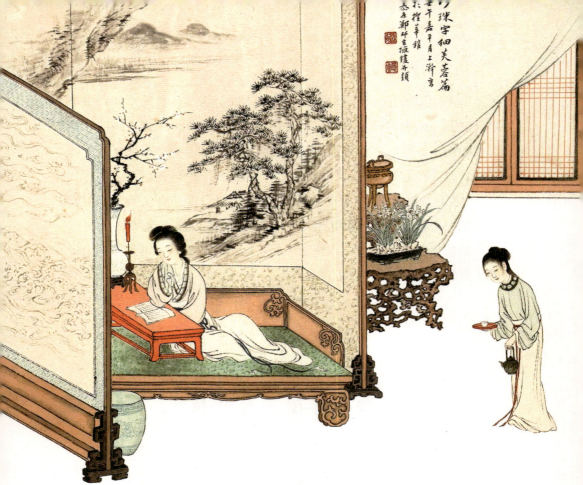

对、分匹，这里指分组。周处在《风土记》中云："腊日饮祭之后，叟妪儿童，为藏驱之戏。分为二曹，以较胜负。"⑥射覆：酒令的一种，用相连字句隐物为谜而使人猜度。⑦听鼓：古时官府卯刻击鼓，召集僚属；午刻击鼓下班，所以称官吏到衙门值班为听鼓。⑧兰台：本为汉代官廷藏书处，设御史中丞掌管，后置兰台令史，掌书奏。唐人多以兰台指秘书省。⑨类：相似，类似。⑩蓬：飞蓬，草本植物。

🌿 译 文

　　昨天晚上群星闪烁，微风轻拂，我们在画楼之西、桂堂之东摆开酒宴。我与她虽没有彩凤的双翅，不能比翼齐飞，但我们的心与灵异的犀牛角一样，息息相通。我们隔座送钩、玩着藏钩游戏，喝着暖暖的美酒，分组射覆行酒令，火红的烛光映照着人们的笑脸。可惜正玩到高兴处，听到更鼓之声，我急忙骑马赶到秘书省值班，就像风中那飘转的飞蓬一般不能自主。

赏 析

李商隐的《无题》诸作，隐约颇多，因而解者纷纭，莫衷一是。较之其他诗，此篇颇为直白，亦是后人传诵最多的。这首诗写于李商隐任职于秘书省时，是一首爱情诗。

首联起笔不俗，两个"昨夜"连用，不显重复，反而有一种整饬之美。天上的星辰和夜间的微风，都让人神清气爽。画楼西畔，桂堂之东，不是实指，只是极言房舍之精美华贵，可见诗人怀想之人必是一位贵家女子。颔联描写自己与心上人的情谊，一"无"对一"有"，上句暗示情人之间的阻隔，下句比喻双方心灵的契合与感应。一抑一扬，造句流丽奇巧，最妙的是用犀角设喻，略貌取神，极新奇而贴切，流传千年不衰。李商隐之妙，在于善以其笔摹心，不漏一丝。

颈联描写昨夜宴会的欢乐和热闹，灯红酒绿，送钩射覆，宾客的喧哗，侍女的往来，所有的一切都显得繁华，而又以"隔座""分曹"四字，承接上联爱情阻隔之意，进一步刻画两个知心人的处境，虽同处宴会，却不能亲近。这样的感情让人心旌摇荡，这样的处境又暗含忧伤。尾联以听到卯刻鼓声、去兰台上班结束，将爱情的怅然与身世飘转的无奈结合在一起，充满了伤心与失落。

此诗写人物情感变化极富逻辑性，一切都是那么天真纯洁，其中实则虚之，虚则实之，只是让人在那连续无端的变化迷离中去琢磨。不同心理状态的人，在不同的时刻都会有不同的感受。

诗词拾趣

射覆游戏怎么玩？

　　射覆是古人玩的一种游戏，最早的形式是"隔空猜物"，出现于汉代。出题人把某个物件用瓯、盂等器皿盖起来（称之为"覆"），由玩家们来猜（称之为"射"）。

　　最初的玩法是出题人不给任何提示，玩家全靠硬猜，因此每轮游戏都能猜半天。汉武帝时，出现了有史以来的第一位金牌玩家东方朔，他射覆，靠的是算卦。当时汉武帝出的题久久无人猜中，这时东方朔有模有样地算了一卦，一举猜出盂中覆盖的是蜥蜴，还获得了十匹帛的奖品。

　　就这样玩了几百年，唐朝人发明了射覆的改良版，所猜的物件不再是实物，但是出题人必须给出只言片语的间接提示(称之为"覆")。当时人们补充了游戏规则：猜的人不许直接说出答案，而是说一个关联词（称之为"射"），让出题者领会。全部玩家猜毕，出题者可以质疑某些玩家猜得不对，要求给出解释。这时，玩家必须引用经史子集里的某句典故，既包含所猜物件，又包含他说的关联词。如果质疑失败，出题者接受惩罚（通常是罚酒一杯）；如果质疑成功，则猜题者受罚。

　　《红楼梦》里的射覆，也是这么玩的。宝钗出题，谜底是"玉"，以"宝"字为覆。宝玉猜到是"玉"，于是射了个"钗"字。其他姐妹起哄质疑，宝玉引用"敲断玉钗红烛冷"作为证据。

夜雨寄北①

[唐] 李商隐

君②问归期③未有期，巴山④夜雨涨秋池⑤。
何当⑥共剪西窗烛⑦，却话⑧巴山夜雨时。

注释

①寄北：写诗寄到北方。诗人当时在巴蜀（今四川），他的亲友在长安，写一首诗寄给北方的亲友，所以是"寄北"。②君：对对方的尊称，相当于现代汉语中的"您"。③归期：回家的日子。④巴山：泛指川东一带的山，川东一带古属巴国。⑤秋池：秋天的池塘。⑥何当：何时。⑦剪西窗烛：这里形容秉烛夜谈。剪烛，剪去燃焦的烛芯，使烛光明亮。⑧却话：回头说，追述。

译文

您来信问我什么时候能够回家，我现在也无法确定。远处的巴山笼罩在蒙蒙烟雨之中，雨水涨满了秋天的池塘。什么时候我俩能够在西窗下一边剪着烛花，一边谈论这夜巴山的绵绵秋雨呢？

赏析

诗人并未明说这首诗寄给何人，所以学界历来有两种说法，一说是李商隐寄给远在长安的好友，一说是寄给妻子。撇开学界的争论不谈，单说这首诗里表现出来的浓浓思念和缠绵情意，我们理解这首诗是寄给妻子的，似乎更为贴切。

　　诗以回答对方的询问起笔，归期无期，开篇即带着浓浓的惆怅，寄寓着作者对收信人的思念。第二句转入当时的环境描写，窗外秋雨绵绵，苍茫的群山此刻在烟雨中静默。群山、夜雨、秋池，这些景物进一步渲染诗人羁旅他乡的孤独和寂寥。辗转反侧，长夜难眠，淅淅沥沥的雨声轻轻扣着诗人的心扉，让他孤单的身影更加落寞，让他的思念也愈加深长。

　　但诗人并没有沉湎于眼前的清冷境地，而是通过想象，勾勒出一幅日后归家，夫妻团聚、其乐融融的画面，让读者心头的那抹凄凉也跟着暖了几分。火红的烛光映着深情的眼眸，两人共剪烛花，说不完的离情，道不尽的重逢，诗人禁不住对妻子谈起这夜的孤单和对她的无限思念。时空转换巧妙自然，用日后重逢的喜悦更加衬托了今夜形单影只的凄凉。

　　与李商隐的大部分诗词表现出来的辞藻华美，用典精巧，长于象征、暗示的隐晦风格不同，这首诗清新、质朴，语言平易，却同样寄托了婉约的深情。"巴山夜雨"在首末重复出现，令人读来荡气回肠。

嫦娥

[唐] 李商隐

云母屏风^①烛影深^②，长河^③渐落晓^④星沉。
嫦娥应悔偷灵药，碧海青天夜夜心。

①云母屏风：镶嵌着云母的屏风，形容屏风的精美。②深：暗。③长河：银河。④晓：早晨。

译 文

漫漫长夜，精美的屏风上烛影暗淡，银河已经西斜，晨星也将隐没，又一个冷清孤寂的夜晚过去了。嫦娥应该会后悔偷了长生不老的灵药，从而使自己孤身处于月宫，夜夜对着碧海青天孤寂难过。

赏 析

本诗承袭了李商隐诗作中一贯的含蓄与感伤、清冷与孤高，且不论诗作之中的主人公究竟是谁，但看那明澈缥缈的景色与嫦娥偷仙药升天的典故，便能体会出诗人不经意间流露出的虽生于凡尘却不甘于尘世的遗世独立的寂寞感。

上两句为写景，以景入情，描绘了主人公所处的环境及长夜不寐的情形。后两句则为含蓄的抒情，借嫦娥偷灵药独自升天的典故，表现了主人公内心幽微难言的孤独寂寞之感。从句中一"应"字，便可知此为诗中主人公的推测，可这样的推测之中却又是满满的笃定。诗人并未直接抒发自己的感情，而是另辟蹊径，借嫦娥偷仙药奔月、独守广寒宫的典故，表现了诗中主人公孤寂清冷之况味。

作者自己又何尝不是如此呢？牛李党争，宦官当权，皇权旁落，危机四伏却并没有让世人有所警觉，唯有作者冷眼旁观，不愿于淤泥之中苦苦挣扎，便只得在无人理解之中消磨自己的时光，将自己打磨成为一块绝色的玉，清冷、孤独而寂寞。

浪淘沙令① · 帘外雨潺潺②

[五代] 李煜

帘外雨潺潺，春意阑珊③。罗衾④不耐<u>五更</u>寒。梦里不知身是客，一晌⑤贪欢。

独自莫凭栏，无限江山，别时容易见时难。流水落花春去也，天上人间。

注释

①浪淘沙原为唐代教坊曲名，后用为词牌。南唐李煜沿用旧曲名另创新声作《浪淘沙令》，为双调五十四字，押平声韵。②潺（chán）潺：雨声。③阑珊：衰残，将尽。④罗衾：丝织的被子。⑤一晌（shǎng）：片刻，一会儿。

译文

帘外雨声潺潺，春意将尽，丝织的锦被挡不住五更的寒冷。我在梦中享受着片刻的欢愉，不知道自己已远离故土，客居他乡。

不要独自凭栏远眺，昔日的万里江山分别时容易，要想再见就太难了。流水冲走了落花，带走了春天，过去与现在的差别，简直是天上与人间。

赏 析

这首词是李煜在死前不久所作，是他后期的代表作之一。词的上阕应从整体来看，"罗衾不耐五更寒"，说明作者是在五更天的时候，因为春寒醒来。作者听见帘外潺潺的雨声，想到春天快要过去了，心中生出无限孤寂。一个"寒"字不仅写出了身体的寒冷，更表现了内心的凄凉感受。下句"梦里不知身是客，一晌贪欢"，由实入虚，尽情享受欢愉只能在梦里，因为梦中作者可以忘了自己阶下囚的身份，这样才能享受到片刻欢愉。梦的欢愉与醒后的孤寂，梦中贪欢的心境与醒时痛苦的心境，构成了两种鲜明的对比，表现出复杂、绝望的心情。

下阕"独自莫凭栏"，似乎在劝告他人，实际在劝告自己，一个人的时候不要去凭栏远眺，因为看到的将会是无限的江山。这里就加入了作者浓厚的身世之悲——对于一个普通人来说，看到无限江山，引发的可能是壮丽雄伟之感，但因为作者曾经是个君王，看到无限的江山，定会引发亡国之恸。"流水落花春去也，天上人间"写出了作者前后生活的巨大落差，没有直接说明，而是用了一个比喻：昔日繁华美妙的生活就像流水落花一样一去不复返了，目前的生活与之前的生活相比，就如同天上与人间的巨大不同。写到这里，作者内心的痛苦、悔恨，已经不需要太多的言语来表达了。

这首词写李煜作为一个亡国之君，怀念那逝去的帝王生活，怀念曾经拥有的万里江山，以"别时容易见时难"这样通俗直白的语言表达出来，情真意切、哀婉动人。

诗词拾趣

根据下面提供的字，请写出两句诗。

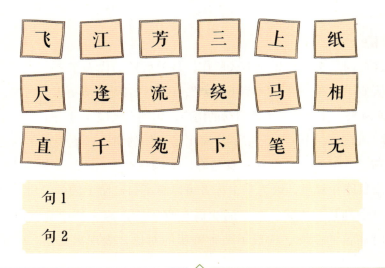

飞	江	芳	三	上	纸
尺	逢	流	绕	马	相
直	千	苑	下	笔	无

句1

句2

生查子①·元夕②

[宋] 欧阳修

去年元夜③时，花市④灯如昼。月上柳梢头，人约黄昏后。

今年元夜时，月与灯依旧。不见去年人，泪湿春衫⑤袖。

注释

①生查（zhā）子：原为唐代教坊曲名，后用作词调。该词调有不同的格体，但都是双调。②元夕：元宵节的夜晚。夕，夜晚。③元夜：元宵节之夜，自唐时起元宵节有观灯闹夜的风俗。④花市：卖花、赏花的集市。⑤春衫：指青衫。

译文

去年元宵之夜，花市上的各种花灯亮如白昼。当月亮升上树梢，我和你相约在黄昏之后，深情相对，共叙衷肠。今年元宵夜，月亮和灯光还和去年一样明亮璀璨，我身边却不见故人，满怀伤感之下眼泪湿了衣袖。

赏析

欧阳修的这首词通过主人公在团圆佳节对往事的回忆，写物是人非，写离合悲欢，情感抒发直接，语言晓畅通俗，有着清新、明快、自然的民歌风味。

词的上阕写主人公回忆去年元夕的欢会场面，起势突然。可以想象，"花市灯如昼"和"月上柳梢头"为两位恋人的约会布置了一个多么盛大的场面，而置身于星月交辉、火树银花的背景下，恋人在彼此眼中又会呈现出怎样的美丽和风采呢？词的下阕转入"今年"，转入当下，同样的灯和月，同样的人潮，同样的热闹，身边却独独少了那个人。

15

以"泪湿春衫袖"收束全词，表现"不见去年人"的悲伤，通过细节完成了对主人公形象的刻画。整首词剪辑了两个场面，将时间跨度为一年的悲欢离合集中在"元夜"这个点上，由两个人的"约"到一个人的"泪"，在作者看似简单并无多少变化的平淡叙述中，一个由合到分、由喜到悲的充满青春气息的恋爱故事得以呈现。

　　这首词与崔护的"去年今日此门中，人面桃花相映红。人面不知何处去，桃花依旧笑春风"有异曲同工之妙，都通过今昔对比描写了一个缠绵悱恻、令人叹惋的爱情故事。

浣溪沙·漠漠①轻寒上小楼

[宋] 秦观

　　漠漠轻寒上小楼，晓阴无赖②似穷秋③。淡烟流水④画屏幽。

　　自在⑤飞花轻似梦，无边丝雨细如愁。宝帘闲挂小银钩。

🌿**注释**

　　①漠漠：寂静无声。②无赖：无聊，无意趣。③穷秋：晚秋。
④淡烟流水：指屏风上的山水画。⑤自在：安静闲适。

译文

在些微寒意之中，我缓步登上小楼。早晨的天空阴沉得好似深秋，令人觉得百无聊赖、兴味索然。精美画屏上面的淡烟流水在这阴沉的天气里也幽暗不明。

柳絮在风中飞舞，像缥缈的梦境；细雨丝丝飘落，像无边的清愁。我轻轻拢起帘幕，挂在银钩之上。

赏析

这是一首伤春之作，写得情景相融，了无痕迹，景内有情，言外有意。上阕写阴冷的春天早晨，独上小楼，房内画屏竖立，显得格外清幽。下阕尤为人称道，观落花轻飘，细雨蒙蒙，令人触目伤情，其描写隽永传神，创造出全词最佳境界。"飞花""丝雨"，为实写物态；"梦""愁"，虚写心境，虚实相生，已臻灵秀之境。词人用"轻描淡写"的笔法，融情入景，明写景，实写人的愁怨。

"伤春"是古代诗词的一大主题，在惋惜季节变换的背后，隐藏着对年华流逝的感叹，对青春、爱情乃至生命等美好事物逝去的伤怀。秦观少年聪颖，拜于苏轼门下，是"苏门四学士"之一，但后来受累于新旧两党之争，仕途坎坷，连遭贬谪，所以词作难免会寄托对身世遭际的感慨和悲愁。

渔家傲①·天接云涛②连晓雾

[宋] 李清照

天接云涛连晓雾，星河欲转③千帆舞。仿佛梦魂归帝所④，闻天语⑤，殷勤⑥问我归何处。

我报路长嗟⑦日暮，学诗谩⑧有惊人句。九万里⑨风鹏⑩正举。风休住，蓬舟⑪吹取⑫三山⑬去！

注释

①渔家傲：词牌名。②云涛：如波涛翻滚的云。一说指海涛。③星河欲转：银河流转，指天快亮了。④帝所：天帝居住的地方。⑤天语：天帝的话语。⑥殷勤：情意恳切。⑦嗟：慨叹。⑧谩：同"漫"，空、徒然。⑨九万里：《庄子·逍遥游》中说大鹏乘风飞上九万里高空。⑩鹏：古代神话传说中的大鸟。⑪蓬舟：用飞蓬来比喻小船。船在江海上漂流，就像蓬被风吹转。⑫吹取：吹得。⑬三山：《史记·封禅书》记载，渤海中有蓬莱、方丈、瀛洲三座仙山，相传为仙人所居住，可以望见，但乘船前往，临近时就会被风吹开，终无人能到。

译文

碧海无涯，水天相接，在一片晨雾之中，云似乎与水一样泛起了波涛；银河转动，天将破晓，海面上千帆竞发。恍惚之中我梦见自己到了天庭，天帝关切地问我要去哪里。我回答说路途遥遥，可叹天色已晚。学诗多年的我，空有惊人妙句。我要像大鹏那样乘风而上九万里长空，狂风啊，千万不要停，把我们的小船吹到蓬莱仙山那里去吧！

赏析

　　这是一首记梦之作。根据《金石录后序》所载，词人曾在宋高宗建炎四年（1130）春乘船出海航行。汪洋大海，一望无垠，虽有险恶风涛，却也有碧波千里，壮美辽阔之意难以语人。这段过往虽然已成回忆，但词人依然念念不忘，甚至在梦中也追忆着那乘风破浪的日子。可词人并未拘束于那一方小小的海洋，而是用梦魂将星空与大海相连接，肆意飞扬，如进行了一次太清的逍遥游。

　　上阕首句连用几个阔大的意象——天、云涛、晓雾、星河、千帆，塑造出朦胧瑰丽的背景。而"接""连"展现出天渺云翻、雾帷广垂的景色，"星河欲转"则营造出令人眩晕般的幻象，云帆驶过，仿佛溅起星光万千。"梦魂"二字乃全词关键所在，词人梦见自己恍惚间仿佛飘上天国，听到了天帝殷切温和的问话："归何处？"

　　下阕紧接上阕的问话，词人回答说路途漫漫，日月不淹——正是化用了《离骚》中"路漫漫其修远兮，吾将上下而求索"，一个内美而修能的词人形象跃然纸上。岁月荏苒，时不我待，词人轻叹自己学诗徒然有惊人之语，好似谦虚，实则自矜。"语不惊人死不休"，词人对自己的文思才情是充分自信的。"九万里风鹏正举"，这般豪情壮志、遄飞逸兴，我们在李白诗中也见过——"大鹏一日同风起，扶摇直上九万里"。"风之积也不厚，则其负大翼也无力"，所以词人响遏行云地呼喊"风休住"，这不仅是负大鹏之翼的风，也是吹动蓬舟的风。"蓬"极言"舟"之轻，轻舟乘风，只向三山而去，恍如驶入传说。这首小词雄奇恢宏的气势，在词史上也难得一见，足见李清照心中的万千丘壑。

"千门万户曈曈日，总把新桃换旧符"中的"新桃"是什么意思？

☐ A. 早开的桃花

☐ B. 新的桃符

☐ C. 新年的寿桃馒头

约客

[宋] 赵师秀

黄梅时节家家雨①，青草池塘处处蛙。

有约②不来过夜半，闲敲棋子落灯花③。

注释

①黄梅时节：夏初江南梅子成熟之时，即梅雨季节。家家雨：家家户户都在雨幕之中，形容淫雨霏霏。②有约：相约的客人。③灯花：灯芯燃烧之后会结成花蕊一样的形状，故称之为灯花。

译文

梅子成熟之时，细雨绵绵，家家户户都笼罩在烟雨之中。池塘边青草丰茂，蛙鸣声此起彼伏。夜半时分，我约的客人还没有来。我无聊地敲着棋子，看烛芯忽而结成灯花，忽而又落下。

赏析

在古诗文中，有不少关于等待的诗词，但赵师秀的这一首《约客》，却写出了截然不同的等待。

诗人并未从等人的缘由讲起，而是闲淡平静地描摹了一番屋外的景色：细雨霏霏，池塘水满，池边青草中传来阵阵蛙鸣。这两处景物从静到动，从视到听，无处不在渲染着诗人的闲情。雨既下，难出门，在这种闲而无事的情景下，时光的流逝似乎也缓慢起来。

直到第三句，诗人才点出"约客"这个主题，客人失约，诗人一个人等到了半夜。诗人并没有猜测客人未来的原因，是大雨难行，还是家中有事。诗人只是闲淡地带过："闲敲棋子落灯花。"全诗的文眼便在这一个"闲"字上。通篇无一丝焦躁与愁绪，有的只是闲情。而这种闲适的孤独感，是本诗最打动人的地方。

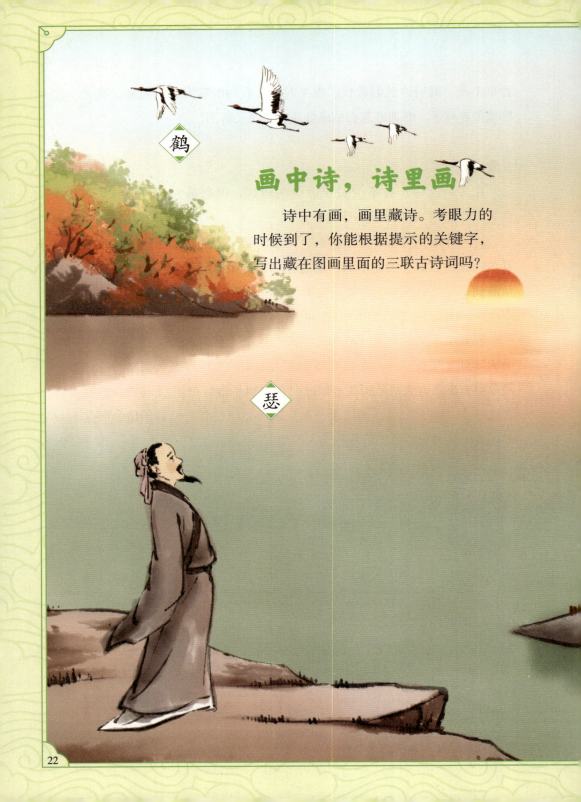

画中诗，诗里画

鹤

瑟

诗中有画，画里藏诗。考眼力的时候到了，你能根据提示的关键字，写出藏在图画里面的三联古诗词吗？

车

江河

登鹳雀楼①

[唐] 王之涣

白日依山尽②，黄河入海流。
欲穷③千里目，更上一层楼。

注释

①鹳雀楼：在今山西永济西南，因时有鹳
雀栖于此而得名。②依山尽：沿着山谷消失。
③穷：尽。

译文

我登上鹳雀楼极目远眺，但见夕阳悬在远
山之巅，依傍山峦渐渐沉落；黄河曲折回旋，
河水向着大海奔涌而去。若想看得更远，阅尽
千里之外的风光，就需登上更高的一层楼。

赏析

这首诗着重描写了诗人在登高望远中表现出来的胸襟抱负，景色描写波澜壮阔，气势雄浑，反映了盛唐时期人们昂扬向上的进取精神。

前两句的"白日依山尽"写的是山景，"黄河入海流"写的是河景，由于有了"山"和"河"的衬托，诗中的景色显得更加壮阔，气势磅礴。此处诗人运用质朴浅显的语言，高度形象地将眼中的万里河山收入短短十个字中，充分展现了诗人的文学功底。后两句的"欲穷千里目，更上一层楼"则写出了诗人一种探求的愿望，其中一个"穷"字当为全诗的诗眼。诗人平视，则见日没西山，一片残阳余晖；俯视，则见黄河回折入海，如一部奔腾的乐章。而若想望到一个更开阔、更高远的境界，就要"更上一层楼"，展现男儿胸襟！末尾两句是千古传诵的名句，既别有新意，出人意料，又与前两句诗承接得自然紧密，展现了一种蓬勃向上的精神。

使至塞上①

[唐] 王维

单车②欲问边③，属国④过居延⑤。

征蓬⑥出汉塞，归雁入胡天⑦。

大漠孤烟⑧直，长河⑨落日圆。

萧关⑩逢候骑⑪，都护⑫在燕然⑬。

注 释

①塞上：指边境地区，也泛指北方长城内外。开元二十五年（737），河西节度使崔希逸与吐蕃作战获胜，唐玄宗命王维以监察御史身份出塞宣慰部队。此诗作于赴边途中。②单车：一辆车，指轻装简从。③问边：慰问边关将士。④属国：典属国的简称。汉代称负责少数民族事务的官员为典属国，诗人在这里借指自己出使边塞的使者身份。⑤居延：地名，在今甘肃张掖北。这里泛指辽远的边塞地区。⑥征蓬：被风卷起的蓬草，古诗中常用来比喻远行人。⑦胡天：胡地的天空。胡，中国古代对北方少数民族的称呼，这里指唐军占领的北方地区。⑧孤烟：指烽烟。古代边关烽火多燃狼粪，烟轻直且不易被风吹散。⑨长河：黄河。⑩萧关：古关名，故址在今宁夏固原东南。⑪候骑：负责侦察、巡逻的骑兵。⑫都护：官名，指前线统帅。⑬燕然：山名，即今蒙古国境内杭爱山。东汉窦宪破匈奴后，曾于此山刻石记功而还。这里代指前线。

译 文

我奉朝廷之命，轻车简从去慰问边关将士，路途遥遥，已过居延。风卷起蓬草，直吹出边塞，北归的大雁翱翔在这一片胡地云天之上。沙漠一望无垠，一股烽烟挺直而上，直冲云霄；远处，圆圆的夕阳孤悬于黄河之上。我到萧关时遇到骑马侦察的兵士，他们告诉我都护到了燕然。

赏 析

这是一首记行诗，诗人身负朝廷使命前往边塞，该诗即记述此次出使途中的所见所想。"单车""征蓬""归雁"，使人油然而生一股孤寂之感。而"大漠孤烟直，长河落日圆"两句写景，境界阔大，气象雄浑。边塞荒凉，没有什么奇观异景，烽火台燃起的那一股浓烟就显得格外醒目，因此被称作"孤烟"。一个"孤"字写出了景物的单调，紧接一个"直"字，又表现了它的劲拔、坚毅之美。沙漠上没有山峦林木，那横贯其间的长河，就非用一个"长"字不能表达诗人的感受。"落日"，本来容易给人以感伤的印象，这里用一"圆"字，却给人亲切温暖而又苍茫之感。一个"圆"字，一个"直"字，不仅准确地描绘了沙漠的景象，而且表现了作者深切的感受。诗人把自己的孤寂情绪巧妙地融入对广阔的自然景象的描写中。这首诗虽是记行，但或抒感慨，或叙异域风光，一路写来，自然天成。

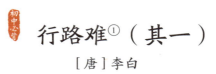

行路难① （其一）

［唐］李白

金樽②清酒③斗十千④，玉盘⑤珍羞⑥直⑦万钱。
停杯投箸⑧不能食，拔剑四顾心茫然⑨。
欲渡黄河冰塞⑩川，将登太行雪满山。

闲来垂钓碧溪上，忽复⑪乘舟梦日边。
行路难，行路难，多歧路⑫，今安⑬在？
长风破浪⑭会⑮有时，直挂云帆济⑯沧海。

注释

①行路难：乐府古题。②金樽（zūn）：樽是古代盛酒的器具，金樽是对酒杯的美称。③清酒：清醇的美酒。④斗十千：一斗值十千钱（一万钱），形容酒美价贵。⑤玉盘：盘子的美称。⑥羞：同"馐"，美味的食物。⑦直：通"值"，价值。⑧投箸（zhù）：丢下筷子。箸，筷子。⑨茫然：无所适从。⑩塞：堵塞。⑪复：又。⑫歧路：岔路。⑬安：哪里。⑭长风破浪：比喻实现远大理想。据《宋书·宗悫（què）传》载，南宋名将宗悫少年时，叔父宗炳问他的志向，他说"愿乘长风破万里浪"。⑮会：终将。⑯济：渡。

译文

清醇的美酒装在金杯中，每斗价值十千钱；美味的佳肴盛在玉盘里，每盘价值万钱。面对这样的豪华酒宴，我却吃不下去，放下筷子，拔剑环顾四周，内心郁闷又茫然。我想要渡过黄河，但河里结满冰而不能渡；我想要登上高高的太行山，可大雪封山而难行。

姜子牙七十岁了还在磻溪上垂钓，后来辅佐武王伐纣灭商；伊尹在辅佐商汤前曾梦到乘船从太阳旁边经过。人生道路多么艰难，多么艰难，这么多岔路，该往哪里走呢？相信总有一天，我也能乘大船、挂高帆，乘风破浪横渡沧海，到达理想的彼岸。

🌿 赏析

　　李白写这首诗时已过不惑之年，被"赐金放还"变相赶出朝廷后，朋友设宴为他饯行，以李白的豪爽嗜酒，平时肯定是一醉方休的，但当时他心中苦闷，人生路漫漫，自己该往哪里去呢？这首诗集中体现了李白内心的愤懑不平、彷徨无措，以及"天生我材必有用"的豪迈奋发之情。

　　本诗可分成三个部分来看。第一部分为前四句，此为借酒消愁之势，诗人故意盛赞酒宴之奢华。"金樽清酒斗十千，玉盘珍羞直万钱"为谪仙人惯用的夸张之语，这口吻俨然一副富贵逼人之势，但在这样的美酒珍馐面前，诗人却将内心的寥落展露无遗。"停杯投箸不能食，拔剑四顾心茫然"，如此一句便将诗人欲行路而不知路在何方的苦闷烘托了出来，所以后面才顺其自然地开始陈述行路之艰难。可以说接下来的两联皆为李太白对行路艰难的描述，而且将行路之难说得前无来路，后无退路，其难其艰直欲愁断人肠。

　　"闲来垂钓碧溪上，忽复乘舟梦日边"化用姜尚、伊尹的典故，表明诗人的政治理想并未泯灭。姜尚和伊尹开始在政治上并不顺利，但最终功成，想到这两位前人的经历，太白于苦闷之中重拾了一点信心。

　　事实上，李白在描述"行路"之难时是用情极深的，而且他选择了直抒胸臆，使得诗句的气势更加宏大。尤其是他忍不住大声疾呼的句子"行路难，行路难，多歧路，今安在"，节奏短促、跳跃，内心压抑不住的急切、彷徨、进退无据喷薄而出，艺术感染力极其强烈。

　　经过一番苦闷挣扎，结尾境界顿开，"长风破浪会有时，直挂云帆济沧海"，它不只彰显了李太白作品的豪放、高昂之风格，也表达诗人不怕挫折的坚定内心。这种纵横、跳跃式的表达极富气势，使得原本没有选择的"行路"难题因为这份强大的精神力量而得到化解，可谓气势战胜一切，完全符合太白之高格了。

请根据以下线索说出一位诗人的名字。

☐ 此人为世家之后。

☐ 其诗歌以七言绝句著称。

☐ 他是"小李杜"之一。

☐ 他的名句有"借问酒家何处有，牧童遥指杏花村"。

戏为六绝句（其二）

[唐] 杜甫

王杨卢骆当时体①，轻薄②为文哂③未休。
尔曹④身与名俱灭，不废江河万古流。

注释

①王杨卢骆：指王勃、杨炯、卢照邻、骆宾王，时人称之为"初唐四杰"。当时体：指四杰诗文的体裁和风格在当时自成一体。②轻薄：言行轻佻，玩弄、不尊重。这里指当时一些守旧文

人对"四杰"文风的肆意批评。③哂（shěn）：讥笑。④尔曹：你们这些人。

译文

王勃、杨炯、卢照邻、骆宾王的诗文自成一体，有很高的艺术成就，却遭到一些师古守旧文人的批评和讥笑，这些人认为他们的作品流于轻薄，格调不高。百年之后，你们这些批评王、杨、卢、骆的人在历史长河中身名俱灭，湮没无闻，而"四杰"的诗文却如那滔滔江河一样，万古流芳。

赏析

这是杜甫的一首论诗绝句，诗人共作六首，这是其中第二首。

魏晋以来，人们作诗为文逐渐由质朴转为华彩，诗歌的声律和丽辞得到了长足发展，但逐渐出现了注重形式而轻视内容的弊端，尤其到了齐、梁时期，诗风轻靡浮艳，格调不高。至唐初，不少文人学子都意识到了这个问题，从而谋求改变，陈子昂率先提出复古的主张，一呼百应，"务华去实"的文风开始扭转。但一些才情不够、胸无定见的文人又走向了另一个极端，一味好古讽今，对唐初杰出的王、杨、卢、骆的诗文也一并批评，"轻薄为文"即他们对"四杰"诗文的批判。

对此，杜甫旗帜鲜明地提出了自己的主张，他师古而不泥古，肯定了王、杨、卢、骆清新、刚健的诗风，认为他们自成一体，其诗文必能流传后世。而那些随声附和纷纷批评他们的人则如历史中的一粒尘埃，百年之后身名俱灭，什么都不会留下。

杜诗风格沉郁，别开一面，尤其是他的绝句，时而感时议政，谈艺论文，时而记述身边琐事，大大拓展了诗歌的内容，无论是感慨唏嘘还是嬉笑怒骂，其质朴雅健、率真恳挚都独开胜境、耐人寻味。

咸阳城①东楼

[唐] 许浑

一上高城万里愁，蒹葭②杨柳似汀洲③。
溪④云初起日沉阁，山雨欲来风满楼。
鸟下⑤绿芜⑥秦苑夕，蝉鸣黄叶汉宫秋。
行人⑦莫⑧问当年⑨事，故国东来渭水流。

注释

①咸阳城：秦都城，在今陕西咸阳东北。②蒹葭：芦苇一类的水草。③汀洲：水边之地为汀，水中之地为洲，这里指代作者远在江南的家乡。④溪：指咸阳城南的磻溪。⑤下：落下来。⑥芜：丛生的杂草。⑦行人：这里指作者自己。⑧莫：不要。⑨当年：一作"前朝"。

译文

我信步登上高高的城楼，胸中情不自禁升起万里乡愁，因为远处芦苇苍苍、杨柳萧萧、烟雾笼罩，像极了我家乡的沙洲。天边的夕阳沉落在楼阁之后，乌云从溪上升起，山雨即将来临，满楼风声飒飒。

飞鸟落在了长满杂草的秦朝宫苑，秋蝉在汉宫的萧瑟黄叶之间鸣叫。来来往往的过客就不要再问起秦汉兴亡的旧事了，只看这滔滔渭水依然滚滚向东流去。

赏析

《咸阳城东楼》是晚唐著名诗人许浑的名篇，立意深沉、意境苍凉、融情于景，高远之中自见神韵，委实是难得的佳作。

诗前三联皆在写景，景中含情。首联"一上高城万里愁，蒹葭杨柳似汀洲"紧扣题目，申明登临之事、之意。"愁"提纲挈领，奠定全诗感情基调，"一上"表明了诗人"愁思"顿起之短促；"高城"表明登临的地点，照应题目中的"东楼"；"万里"极言愁思之迢远阔大。为何愁呢？"蒹葭杨柳似汀洲"道明了原因：登高远望、芦花瑟瑟、杨柳萧疏、烟笼雾绕，居然极类江南，诗人独自远游在外，触景之下，自然生出无限乡愁，凄迷难耐。

在这样凄迷的气氛中，诗人笔锋微微宕开，在颔、颈二联中着意描绘了登楼远眺之远景及近景，落笔萧萧，更觉哀戚。颔联"溪云初起日沉阁，山雨欲来风满楼"，用简笔勾勒出了日暮苍苍、夕阳沉落的壮丽景致，但这种壮丽还没来得及舒展，就被即将到来的"山雨"淹没。"山雨欲来风满楼"既是对现实景致的真实描摹，又是对大唐日薄西山、风雨飘摇现状的一种暗喻。诗人也借此画面述说了"万里愁"的真正原因——不只是乡愁，还有忧国之愁。

颈联中，诗人的视线由远处渐渐拉近，写了山雨将至，鸟雀入绿芜、悲蝉匿黄叶的实景，也抒发了由"秦苑""汉宫"而生的种种联想悲慨，繁盛一时的秦汉已经不在，旧日宫苑也化作了尘土，只有不识兴亡的蝉、雀还在深秋的夕阳中依旧故我，景凄情更凄。诗人借人世沧桑、王朝兴替，在怀古伤今的同时将愁绪进一步深化，由"万里"转向"千古"。

兴亡悲叹之后，诗人即景抒情，言明胸中愁怨。"莫问"非劝诫，而是沉思之语。"流"不是动作，而是慨叹，是对唐朝颓势难挽的一种悲哀与痛惜。"故国东来渭水流"一句含蓄深婉，感时伤今，意似尽而未尽，言外有意，读来尤觉精妙。

泊秦淮①

[唐] 杜牧

烟笼寒水月笼沙②，夜泊秦淮近酒家。
商女③不知亡国恨，隔江犹唱后庭花④。

注释

①秦淮：秦淮河。②烟笼寒水月笼沙：互文见义的句法，即"烟""月"都笼罩着"水"和"沙"。③商女：指卖唱的歌女。④后庭花：曲名，《玉树后庭花》的简称。南朝陈亡国之君陈叔宝所作，后世把此曲当作亡国之音。

译文

迷离月色和轻烟水雾笼罩着河水和沙洲，我将船停泊在秦淮河畔一家酒店旁边。卖唱的歌女不知道什么叫亡国之恨，依然在弹唱着《玉树后庭花》这充满亡国意味的靡靡之音。

🌱 赏析

　　建康是六朝都城，秦淮河穿过城中流入长江，两岸酒家林立，是当时豪门贵族、官僚士大夫享乐游宴的场所。唐王朝的都城虽不在建康，但秦淮河两岸的景象一如既往。

　　这首诗中的第一句就不同凡响。烟、水、月、沙四者，被两个"笼"字和谐地融合在一起，绘成一幅极其淡雅的水边夜色图景。"夜泊秦淮近酒家"，看似平平，却很值得玩味，这句诗内里的逻辑关系是很强的。"夜泊秦淮"承上启下，既为上一句的景色点出时间、地点，也照应了诗题；同时引出后三个字"近酒家"，进而引出"商女""亡国恨""后庭花"，由此才触动了诗人的忧思。

　　商女，是卖唱的歌女，她们唱什么是由听者的趣味而定，可见诗说"商女不知亡国恨"，是一种曲笔，真正"不知亡国恨"的是那座中的欣赏者——封建贵族、官僚、豪绅。后庭花这靡靡之音，早已使陈国寿终正寝了，可是如今又有人在这衰世之年，不以国事为怀，反用这种亡国之音来寻欢作乐，这怎能不使诗人产生历史将重演的隐忧呢！"隔江"二字，承上"亡国恨"故事而来，指当年隋兵陈师江北，一江之隔的南朝小朝廷危在旦夕，而陈后主依然沉湎于声色。"犹唱"二字巧妙而自然地把历史、现实和想象中的未来穿成一线，意味深长，于婉曲轻丽的风调之中，表现出辛辣的讽刺、深沉的悲痛、无限的感慨，堪称绝唱。

山峰

独坐敬亭山①

[唐] 李白

众鸟高飞尽，孤云独去闲②。
相看两不厌③，只有敬亭山。

注释

①敬亭山：在今安徽宣城，风景幽秀，李白曾多次游览此地。②闲：清幽平静。③相看两不厌：是说人、山相看两不厌。

译文

一群鸟儿飞上高空，不见了踪影；一朵孤云从头顶飘过，自在悠闲。我静静地坐在这里，和敬亭山默然相对，能够与我相看两不生厌的也只有眼前的敬亭山了。

赏析

敬亭山在宣州（治所在今安徽宣城），它是六朝以来江南名郡，大

诗人如谢灵运、谢朓等在这里做过太守。李白一生曾七游宣城，这首五绝作于天宝十二载（753）秋游宣州时，距他被迫于天宝三载（744）离开长安已有十年了。长期漂泊的生活，使李白饱尝了人间辛酸滋味，看透了世态炎凉，从而加深了他对现实的不满，增添了他的孤寂之感。此诗写独坐敬亭山时的情趣，正是诗人带着怀才不遇而产生的孤独与寂寞的感怀，到大自然怀抱中寻求安慰的生活写照。

前两句"众鸟高飞尽，孤云独去闲"，看似写眼前之景，其实把孤独之感写尽了。这两句是写"动"见"静"，以"动"衬"静"。这种"静"，正烘托出诗人心灵的孤独和寂寞。这种生动形象的写法，能给读者以联想，并且暗示了诗人在敬亭山游览观望之久，勾画出他"独坐"出神的形象，为下联"相看两不厌"做了铺垫。

诗的下半部分运用拟人手法写诗人对敬亭山的喜爱。"相看两不厌"表达了诗人与敬亭山之间的深厚感情。这首平淡恬静的诗之所以如此动人，就因为诗人的思想感情与自然景物高度融合，创造出了"寂静"的境界。

峨眉山①月歌

[唐] 李白

峨眉山月半轮秋，影入平羌②江水流。
夜发清溪③向三峡④，思君⑤不见下渝州⑥。

注释

①峨眉山：在今四川峨眉县西南，为西南第一名山。②平羌（qiāng）：今天的青衣江，大渡河支流，位于峨眉山东北。③清溪：清溪驿，在今四川犍为县。④三峡：指长江上游的瞿塘峡、巫峡、西陵峡。也有人认为当指乐山的黎头、背峨、平羌三峡。⑤君：对友人的尊称。⑥渝州：治所在今重庆。

译文

半轮秋月高挂在峨眉之巅，月影倒映在平羌江中，似随着江水在缓缓流动。我连夜从清溪驿出发，乘船去往三峡，思念你却不得相见，我顺流而下接着向渝州进发。

赏析

这是诗人离开故乡外出闯荡时所作的一首七言绝句，诗中洋溢着他的雄心壮志和对未来的憧憬，而且寄托了对朋友的思念之情。

全诗短短的二十八个字中就有峨眉山、平羌江、清溪驿、三峡、渝州五个地名，不露痕迹地带领读者游历了一遍当年四川五境，让读者感受着秋夜里的山、月、影、水之美。全诗语言清新，意境悠远，仿若一幅山水画卷，让读者随着诗人一起欣赏峨眉秋夜中的一弯山月，看月影在江中漂荡。

诗中"影入平羌江水流"一句，点出了诗人正在顺江而下，这样才有月影随水波逐流之感，也引出了下文的"夜发清溪向三峡"。最后一句，诗人亮出"思君"这样的主题，也让前文的"夜发"有了合理的解释，正是这样的思念之情才使月夜行舟显得轻快明朗而又空灵优美。但最终，诗人也没有见到友人，只好一路向渝州进发。

这首诗语短情长，虽地名占很大篇幅，但并不拗口，清丽宏阔的夜景中既洋溢着诗人向往外边的世界、渴望建功立业的昂扬情绪，又隐隐透出对故乡山水的留恋之意。

诗词拾趣

依据下面提供的字写出两句诗。

商	生	国	零	山
依	女	多	不	碾
知	尽	成	尘	恨
作	落	亡	泥	河

句 1

句 2

酬乐天扬州初逢席上见赠①

[唐] 刘禹锡

巴山楚水②凄凉地，二十三年③弃置身④。

怀旧空吟闻笛赋⑤，到乡翻⑥似烂柯⑦人。

沉舟侧畔千帆过，病树前头万木春。

今日听君歌一曲，暂凭杯酒长精神。

注释

①唐敬宗宝历二年（826）冬，刘禹锡被罢和州刺史，被征还洛阳，在扬州与白居易相遇。白居易写了《醉赠刘二十八使君》送给刘禹锡，刘禹锡以此诗回赠。乐天：白居易的字。②巴山楚水：诗人曾被贬夔（kuí）州、朗州等地，夔州古属巴郡，朗州属楚地，故称"巴山楚水"。③二十三年：刘禹锡自唐顺宗永贞元年（805）被贬为连州刺史，至写诗时已二十二年，因次年才能回到洛阳，所以说"二十三年"。④弃置身：在政治上被弃不用的人。⑤闻笛赋：指西晋向秀所作《思旧赋》。向秀跟嵇康是好友，嵇康被司马氏集团杀害，向秀经过嵇康旧居，闻邻人吹笛，于是写下《思旧赋》以寄托哀思。⑥翻：反而。⑦烂柯：相传晋时王质伐木进山，见童子下棋，就停下观看。等棋局终了，斧子柄已经朽烂。回到村里，发现已历百年，与他同时代的人都去世了。后以"烂柯"比喻岁月流逝。

译文

我被贬谪到巴山楚水这样偏僻荒凉的地方，二十三年间被弃置不用。思念远方的旧友时，我也只能吟诵向秀的《思旧赋》寄托幽思；多年后再回家乡，已是物是人非，环境发生了巨大改变。

一艘翻沉的船只旁会有千万只船疾驶而过，一棵病朽的树木前还会有千万棵树焕发生机。今天听了你为我吟诵的诗篇，暂借这桌上美酒来振奋精神。

🌱 赏 析

本诗首联不直言悲苦，却从空间和时间这两方面来倾诉自己的遭遇。第一句通过"巴山楚水"四字，写出空间的偏远，意在说明自己的贬谪生活是多么凄凉，第二句则通过"二十三年"四字，写出时间的长久，意在说明自己遭受的不公待遇是多么漫长。此二句表面上是愁苦之言，字里行间却都透露着不平之意。

颔联运用了两个典故，一是向秀怀念嵇康而作《思旧赋》之事，作者借此表达对故友的怀念；二是王质入山观棋局而过百年之事，作者借此表达自己多年后返京的隔世之感。刘禹锡不仅将这两个典故运用得十分贴切，而且用"空"和"翻"两个含有否定意味的字，使颔联顺承了首联的不平之气。

颈联"沉舟侧畔千帆过，病树前头万木春"为千古名句，由于诗人未明确指出句中几个意象究竟比喻什么，所以针对这两句诗的意义，向来存在争论。有人认为"沉舟"和"病树"比喻久遭贬谪的诗人自己，而"千帆"和"万木"则比喻在他贬谪之后那些仕途得意的新贵，这一联是刘禹锡感叹人生遭际的愤激之语。但更多人认为，"千帆"和"万木"比喻的是与诗人志同道合的友人。在仕途上，自己虽已是沉没的小船、久病的树木，但自己的理想并没有破灭，它仍然承载于身旁驶过的"千帆"之上，繁盛于前方茂密的"万木"之中。这两句诗是情绪在压抑之后的飞扬，被贬谪后的诗人虽有愁怨，但仍充满希望。尾联收束感慨，扣住诗题，在感谢白居易赠诗的同时，表达出诗人积极向上、开朗乐观的人生态度——即使遭遇再多的不幸，只要有理想，有希望，一首诗、一杯酒，都足以让人振奋精神，永不言败。

诗词拾趣

请根据以下线索，说出一联名句。

□ 此诗的作者是李白。

□ 诗歌是写给当时另一位著名诗人的。

□ 那位诗人因事被贬到湖南某县做县尉。

□ 这联诗以月为媒，以奇异的想象表达对朋友的想念。

题临安①邸

［宋］林升

山外青山楼外楼，西湖歌舞几时休②？
暖风熏③得游人醉，直把杭州作汴州④。

注释

①临安：南宋都城，今浙江杭州。北宋都城汴京被金人攻占后，南宋统治者逃到南方，在临安建都。②休：停休，停止。

③熏：吹，用于形容暖风。④汴州：即汴京，今河南开封。

译 文

西湖周围层层青山连绵不绝，亭台楼阁错落无边，游船上的莺歌燕舞什么时候才能停休？阵阵温暖的春风吹来，游人陶醉在这良辰美景之中，忘却了家国之恨，把杭州当作了汴州。

赏 析

这首七绝的作者为南宋时的士人林升，原本是写在南宋都城临安一家旅舍的墙壁上，疑为无题诗，后人为其加上题目，才有了这首《题临安邸》。这首诗以乐景写哀情，是一首绝佳的讽喻诗。

1126年，金人攻占了北宋的都城汴京，俘获了宋徽宗和宋钦宗。赵构逃往临安，并在临安即位，史称南宋。这个小朝廷并没有痛定思痛，吸取教训，反而对外投降，对内迫害爱国英雄岳飞等人。此外，当权者还大肆修建太庙和明堂，巨商富贾也以修建宅第为乐，把杭州当成了安乐窝。针对这一黑暗现实，诗人写下了这首诗，将心中的义愤一吐为快，也表达了对国家和民族的忧思。

诗的前两句从临安城的特征入手：层峦叠嶂，楼台鳞次栉比，歌舞升平。其实这一切只是一种虚假的繁荣，因为半壁江山已经落入了金人手里。一个"休"字表达了作者的心痛，更表达了对当权者纸醉金迷、偏安一隅的愤慨。他觉得"西湖歌舞"将抗金的斗志消耗殆尽，希望这样的歌舞可以早日"休"掉。

第三句"暖风熏得游人醉"，此中的"暖风"一语双关，除了指自然界的风，还指社会上的奢靡之风。"游人"指的也不是一般游客，而是只顾寻欢作乐、忘记国仇家恨的当权者。"熏"和"醉"二字，更是生动地刻画出了那些沉迷于靡靡之音的游人们贪图安逸、不思进取的嘴脸。末句"直把杭州作汴州"怒斥这些当权者已经忘记了亡国之痛，不顾国计民生，一味享乐，表达了诗人对国家和民族命运的深切忧虑。

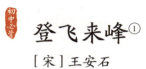

登飞来峰①

[宋] 王安石

飞来山上千寻②塔，闻说鸡鸣见日升。
不畏浮云遮望眼③，自缘④身在最高层⑤。

注释

①飞来峰：指浙江绍兴城外的宝林山，唐宋时其上有应天塔。传说此山自琅琊郡东武（今山东诸城）飞来。②千寻：极力说明塔高。古代一寻指八尺（一说七尺）。③不畏浮云遮望眼：反用李白的《登金陵凤凰台》中"总为浮云能蔽日，长安不见使人愁"的句意。浮云，暗喻奸诈的小人。眼，目光所及之处。④缘：因为，由于。⑤最高层：最高处，有两层含义，包括千寻塔和政治的最高层。

译文

听说登临飞来峰上的高塔，在鸡鸣时分能看到旭日初升。我不怕半空中的浮云会遮挡视线，自然是因为我已经登上了塔的最高层。

赏析

王安石的诗作向来充满正能量，其浩然正气为人所称道。这首《登飞来峰》也是如此，只从诗名已经看出其与众不同的气势来了。作此诗时王安石正值人生的大好时光，三十而立之年，胸怀壮志，所作的诗别有一番志得意满之情怀。

诗在开头便用了极为夸张的写法，"飞来山上千寻塔"，这既是在赞塔之高，又陈述了自己的立足所在更高的现实。这是一种对自我未来不可限量的大胆揣测，更是自信满满的不可一世之形容，相比于王之涣的"欲穷千里目，更上一层楼"的表达，要更为大气凛然，使人读来有一种择高点而仰目的心情，瞬间便抛却了其他一切遮挡，独以其立地而自在观之了。不过，这对诗人来说并不是全部，后面"不畏浮云遮望眼，自缘身在最高层"则更加气势逼人。我不畏惧奸佞小人的谗毁，因为我之才华、能力是最高的，这种自信、这种豪壮何其铿锵有力！其实，王安石多以哲理入诗，在这样风华正茂的年纪，他早具备了高瞻远瞩的睿智，因此诗中除却豪迈、自信的气魄之外，更有对世人的劝慰：想要人生得意，积极向上的自勉必不可少。

卜算子·送鲍浩然①之②浙东

［宋］王观

水是眼波横，山是眉峰聚。欲问行人去那边？眉眼盈盈处③。

才始④送春归，又送君归去。若到江南赶上春，千万和春住。

注释

①鲍浩然：人名，作者友人。②之：去，往。③眉眼盈盈处：山水交汇的地方。盈盈，形容美好的样子。④才始：方才，刚刚。

译文

水柔美如美人灵动的眼波，山秀丽如美人轻蹙的眉峰。想要问眼前即将远行的人去往哪里，自然是那山环水绕的秀美江南。

我刚送走了春天，又要送你回去。你到了江南若还能赶上春天的话，千万要把美好的春景留住。

赏析

如题所见，这首词是词人送别友人鲍浩然去浙东时所作。与诸多送别诗词不同的是，词人没有着力描写别情凄凄、离恨幽幽，而是用浅易轻快的语言，表达了对友人的留恋与祝福。

词作开篇便以巧妙的譬喻展现了词人点石成金的语言功力，将形容美人"眼如秋水，眉如远山"的惯常笔法反了过来，令江南山清水秀的景色与眉眼盈盈的江南佳丽自然融合，显得灵动至极。既然此去前景如此美好，又何必做小儿女情状？至此，词人强掩离愁以说笑调侃的方式宽慰友人和自己的画面清晰呈现。而"眼波横"和"眉峰聚"，恰是从侧面点出了两人面对离别的忧伤，颇有脉脉此情难诉的含而不露。

转至下阕，词人仿佛终于维持不住面上的笑意，忍不住轻叹起来。"才始送春归，又送君归去"，虽只一句，却暗含了无数未竟之语，似是在说"此去经年，应是良辰好景虚设"，又似在说"海内存知己，天涯若比邻"……

词人又将千言万语化作衷心的祝愿："千万和春住。"语带双关是本词的一大特色，如"眉眼盈盈"喻美景和佳人，"和春住"亦有惜春、惜时、前程美好等多重含意，同时还可视为对之前调侃的延续。加之造句新巧，构思别致，初读予人清新可喜之感，再读则耐人寻味，因此在同类作品中独树一帜。

题①西林②壁

〔宋〕苏轼

横看③成岭侧④成峰，远近高低各不同⑤。
不识庐山真面目⑥，只缘身在此山中。

注释

①题：书写，题写。②西林：寺名，又叫乾明寺，位于庐山西麓。③横看：从山的正面看。④侧：从山的侧面看。⑤远近高低各不同：一作"远近看山总不同"。⑥真面目：指庐山真实的形状、样貌。

译文

从正面看庐山峰峦叠嶂、连绵不绝，从侧面看庐山高峰耸峙、巍峨险峻；从远处、近处、高处、低处看到的庐山各不相同，呈现不同的状貌。我们之所以辨不清楚庐山的真面目，是因为身在庐山之中啊。

🌿 赏析

这首七言绝句作于元丰七年（1084），是苏轼赴职时途经九江，与友人同游庐山后所写的观山感想。这首题写在西林寺墙壁上的写景诗也是"诗中有画"的佳作，不同之处在于，苏轼将哲理寓于其中，在看山赏景之中抒发人生体悟。

开篇两句"横看成岭侧成峰，远近高低各不同"，乃是在庐山游玩的直观所见。从正面看庐山，绵延不绝的山岭在眼前铺展，而从侧面看庐山，则是峰峦起伏，山峰耸立；在山中穿梭，从远近高低不同的角度看庐山，都会有不一样的视觉体验。诗人移步换景，呈现出多姿多彩的庐山面貌。

后两句"不识庐山真面目，只缘身在此山中"，笔锋一转，从对山色的描摹转入对事理的说明，抒发游览庐山的感想。诗人自问自答，为什么庐山景色多变，令游人无法识别其真正的面目呢？那是因为游人处在庐山之中，视线只能拘于一处，不能从局部的峰峦丘壑来把握全貌。换句话说，只有远离庐山，不再受庐山的遮蔽，才能真正辨识庐山的形态。这两句既是妙思，又是自然感受的流露，想必看山之人都会有"不识真面目"的体验。诗歌的意境也就出来了，此处"只缘身在此山中"不仅仅是看山，对于观察世间万物都可沿用此理。

这首诗将山色娱人眼目与哲理启人心智自然结合，既是写景，又是写理，含蓄蕴藉，思致邈远。钱锺书言"宋诗以筋骨思理见长"，这也是苏轼所要达到的"出新意于法度之中，寄妙理于豪放之外"的境界。此诗语言通俗，哲理深刻，把感性体验与理性认识巧妙结合，寓深刻于浅显之中，耐人寻味。"当局者迷，旁观者清"的道理就这样妙手偶得，寄至味于淡泊。

诗词拾趣

根据提示，猜出以下诗句描写的是我国哪座名山。

□ 风云一举到天关，快意生平有此观。

□ 山明月露白，夜静松风歇。

□ 荡胸生层云，决眦入归鸟。

满江红① · 怒发冲冠

[宋] 岳飞

怒发冲冠②，凭阑③处、潇潇④雨歇。抬望眼，仰天长啸，壮怀激烈。三十功名尘与土，八千里路云和月。莫等闲⑤、白了少年头，空悲切。

靖康耻⑥，犹未雪。臣子恨，何时灭。驾长车，踏破贺兰山⑦缺。壮志饥餐胡虏⑧肉，笑谈渴饮匈奴⑨血。待从头、收拾旧山河，朝天阙⑩。

🌿注 释

①满江红：词牌名，双调九十三字。②怒发冲冠：出自唐骆宾王的诗句"此地别燕丹，壮士发冲冠"。③凭阑：一作"凭栏"，指身倚栏杆。阑，同"栏"。④潇潇：雨声。⑤等闲：随便，轻易。⑥靖康耻：指宋钦宗靖康二年（1127）京师沦陷，徽、钦二帝为金人所掳的大辱。⑦贺兰山：山名，在今宁夏西北部。⑧胡虏：秦汉时称匈奴为胡虏，后来变为与中原敌对的北方少数民族之统称。⑨匈奴：古代北方少数民族，这里指金入侵者。⑩天阙：皇帝的官殿。

🌿译 文

我怒发冲冠，倚着栏杆极目远眺，潇潇急雨刚刚停歇。仰头长啸，我心中激荡着壮烈的豪情。三十多年来建立的功名，如同尘土一般微不足道；南北转战八千余里，风餐露宿，经历了多少风云变幻。好男儿要抓紧时间建功立业，不要随意消磨时间，等到头发白了，一切都已无法挽回，空余一腔悲切。

靖康之变的奇耻大辱，还未能雪洗；臣子心中的愤恨不平，何时才能平复。我要率领士兵驾战车踏平贺兰山，饿了吃敌人的肉，渴了喝敌人的血。待我重新收复旧日河山，再回京都向朝廷报捷。

🌿赏 析

岳飞的《满江红·怒发冲冠》在宋词中可以说是独辟蹊径，被后人看成是爱国主义诗词中的最强音，是英雄主义豪情壮志的千古绝唱。

词的上阕从起句便给人一种气势磅礴、浩然之气充盈不绝的感觉。"怒发冲冠"，说明站在高楼之上的词人心中非常愤慨。高楼凭栏，面对着经过大雨洗礼的天空和大地，他放声长啸，这啸声直冲天宇，激荡澎湃，词人的心中迸发出了对于壮志难酬的无限感慨。

"三十功名尘与土，八千里路云和月"，已经过了而立之年的词人回顾往事，自觉半世功名亦可慰藉自我，但是金贼未灭，二圣未还，功名尽如尘土，大业还待努力。"莫等闲、白了少年头，空悲切"，词人念念不忘家国，面对神州陆沉，岂可新亭垂泪，做楚囚相对，更当勖勉自己，努力为国，不可使岁月流逝，人生碌碌。纵观上阕，声调慷慨，情感激昂，字字敲金击玉，笔笔掷地有声。

"靖康耻，犹未雪。臣子恨，何时灭"，下阕一开始就显得气盖山河，一片悲情喷薄而出。靖康之耻尚且在目，正待洗刷；作为臣子，胸中不平之恨，岂能暂且消歇，这十二个字是词人忠烈气概的自诉，读来令人凛凛如对神明。"驾长车，踏破贺兰山缺"，只要壮士用命，战车长驱，踏破重关险隘，自当灭却金贼，直捣黄龙。"壮志饥餐胡虏肉，笑谈渴饮匈奴血"，这两句承接上文，畅情尽势，丝毫没有冗沓重复之感，正气磅礴激荡。"待从头、收拾旧山河，朝天阙"，只要灭却金贼，收复失地，报君仇雪国耻，实现词人"还我河山"的愿望，到那时旧疆恢复，国家统一，群臣舞蹈阙下，山呼万岁，该是多么雄伟壮观的场景。词人一片赤诚，满腔悲愤，自肺腑间宣泄而出。词人笔力之雄健、脉络之顺畅、情理之深婉，不同凡响，足为宋代词坛增色。

菩萨蛮① · 大柏地②

毛泽东

赤③橙黄绿青蓝紫，谁持彩练④当空舞？雨后复斜阳，关山阵阵⑤苍。

当年鏖战⑥急，弹洞⑦前村壁。装点此关山，今朝更好看。

注释

①菩萨蛮：词牌名。本是唐时教坊曲，后用作词牌名，也是曲牌名。②大柏地：乡名，位于江西省瑞金市北部。③赤：红。④彩练：彩色的绢布。⑤阵阵：每一列战斗队形为一阵，这里指群山如层层军阵。⑥鏖（áo）战：激烈的战斗。⑦弹洞：子弹打穿墙壁留下的孔。

译文

七色彩虹横跨天边，是谁拿着一条彩带在空中舞蹈呢？雨后初晴，夕阳西斜，映照着附近层层苍茫群山。

想当年这里进行过一场激烈的战斗，子弹穿过前面村子的墙壁，留下一排排弹孔，将这里的景色装点得更加好看。

赏析

1929 年 2 月，毛泽东率领军队在大柏地与国民党追兵激战，大获全胜。四年之后，毛泽东路过大柏地，触景生情，遂写下这首激荡着无限革命乐观情绪的小词《菩萨蛮·大柏地》。

雨后天霁，彩虹高挂，词人内心饱含壮志与热情，脱口问出："谁持彩练当空舞？"将虹光比作人手握的彩练，其中透露出的尽是豪壮之气——谁持彩练？必定是这个时代的风流人物，是这个时代"主沉浮"之人，才能有这般的豪情壮语。"雨后复斜阳，关山阵阵苍"这一句景色描写虽然简单，但是气势豪迈，读来胸臆为之舒张。雨后斜阳复出，关山如洗，苍翠之色满眼。一个"复"字透露出词人无尽乐观之情——风雨之后彩虹现，不也正预示着革命的前途必会穿越风暴雷电、漫漫长夜，最终走向胜利的黎明吗？这句词中所写之物均是极高极远，或是斜阳横洒，或是关山苍茫，皆境界开阔，景色壮美。

"当年鏖战急，弹洞前村壁"，词人回想当年与国民党追兵鏖战于大柏地，一个"急"字刻画出情况之危急、战事之激烈。子弹打穿前村的墙壁，留下密密麻麻的弹孔。若是寻常人看到这幅景象，再回想当时状况，未免心有余悸、惊魂不定，但词人就格外不同，他说道："装点此关山，今朝更好看。"这些战火弥漫的痕迹，正好装点这苍苍茫茫的关山，今朝看来更加好看。可见非常之人必有非常之语。词人所展现的浪漫情怀，完全不同于古时的怀古伤今之情，他所代表的是革命者心中的无限乐观与昂扬。

画中诗，诗里画

诗中有画，画里藏诗。考眼力的时候到了，你能根据提示的关键字，写出藏在图画里面的三联古诗词吗？

独

墙

出塞①二首（其一）

[唐] 王昌龄

秦时明月汉时关，万里长征人未还②。
但使③龙城飞将④在，不教⑤胡⑥马度⑦阴山。

注释

①出塞：汉乐府军歌《横吹曲辞》的题目，也是唐朝诗人写边塞生活的常用诗题。②还（huán）：回来。③但使：只要。④龙城飞将：汉朝名将李广。这里泛指英勇善战的将领。⑤教：使，令。⑥胡：此处指侵扰边地的北方游牧民族。⑦度：越过。

译文

秦时的明月当空高悬，将清辉洒在这汉代的关隘上，万里远征的戍边兵士，有多少长眠于此未能回到家乡。如果飞将军李广还守卫在这里，匈奴的马是不敢越过阴山一步的。

赏析

　　这是一首脍炙人口的边塞诗。起首两句"秦时明月汉时关，万里长征人未还"描述了明月依旧，边关依旧，而万里出征的将士却踪影难寻，永远长眠在了边关的情形。在深沉的感慨中暗示当时边防多战事，表明诗人对久戍士卒的深切同情。"秦月"和"汉关"采用了互文手法，指秦汉时的明月和边关，两个词对仗，跨越千古，自有一股雄浑苍凉之气充溢全篇。继而诗人写到对"龙城飞将"的追思，融抒情与议论为一体，写得掷地有声！后两句诗带着讽刺，表现了诗人对朝廷用人不当和将帅无能的不满。全诗凝结了丰富复杂的思想感情，诗境雄浑深远，是一首思想性和艺术性完美结合的佳作。

芙蓉楼①送辛渐②

〔唐〕王昌龄

寒雨连江夜入吴③，平明④送客楚山⑤孤。

洛阳亲友如相问，一片冰心⑥在玉壶⑦。

注释

①芙蓉楼：原名西北楼，唐晋王李恭为润州刺史时改为芙蓉楼，故址在今江苏镇江北，下临长江。②辛渐：作者友人。③吴：古代国名，这里泛指江苏南部、浙江北部一带。江苏镇江一带为三国时吴国所属。④平明：黎明。⑤楚山：泛指长江中下游北岸的山。长江中下游北岸在古代属于楚地范围。⑥冰心：像冰一样晶莹、纯洁的心。⑦玉壶：比喻自身清白。此句喻己廉洁奉公、为官清正。

译文

昨夜雨落吴地，江天迷蒙一片。黎明时分送走朋友，抬眼远望，楚山似乎与我一样孤独。洛阳的亲友如果问起我，请告诉他们，我的心就像玉壶里的冰一般纯洁无瑕，没有为功名利禄等世俗所染。

赏析

《芙蓉楼送辛渐》是王昌龄被贬为江宁（今江苏南京）县丞时所作。其时好友辛渐北上回归洛阳，昌龄连夜送别，并作送别组诗，这是其中第一首。全诗即景生情，含蓄蕴藉，构思巧妙，格致优雅，依依惜别之中自见高标，堪称经典。

诗前两句写景，借景抒情。吴地江天，秋雨连绵，雨水浸染着夜色，平添了几分离愁别绪。晨光熹微时，友人登舟北归，留诗人独自矗立在江边，遥望那苍茫烟雨中孤独耸峙的楚山，孤独寂寥之感顿时扑面而来。诗人以"连"与"入"的动态表现了吴江烟雨的细密连绵，以"夜"与"平明"的时间置换表现了离别前夜的忧思。同时，又以江天之中孤独的楚山写出了自己内心的孤寂，用词精巧，递进巧妙，足见用心。

　　诗后两句抒情，情感厚重，用语淡雅舒缓，以冰心玉壶自喻，既表达了自己对洛阳亲友的一片深情，也表现了自身的孤高耿介、清白高标。另外，玉壶之中有冰心，吴江烟雨有孤山，孤山与冰心，吴江与玉壶，隐约之间，相互映照，不着痕迹地勾勒出了诗人傲岸清高的形象，细细品读，委实余韵无穷。

请根据以下线索，说出一个地名。

□ 唐代的一座繁华大城市。

□ 孟浩然曾到此处。

□ 杜牧在此有很多风流韵事。

□ 二十四桥是当地的名胜。

诗词拾趣

早发白帝城①

[唐] 李白

朝辞白帝彩云间，千里江陵②一日还。
两岸猿声啼③不住，轻舟已过万重山。

注释

①白帝城：在今重庆市奉节县东白帝山上。②江陵：今湖北省江陵县。③啼：鸣叫。

译文

早晨，我辞别彩云缭绕的白帝城，乘船顺流而下，千里之外的江陵一天就可以到达。我听着两岸接连不断的猿鸣声，看轻快的小船箭一般地穿过万重青山。

赏析

唐肃宗乾元二年（759）春天，李白因永王案，被流放夜郎，取道四川赴贬地。行至白帝城，忽闻赦书，惊喜交加，旋即放舟东下江陵，故此诗也曾被叫作《下江陵》。此诗抒写了当时喜悦畅快的心情。

诗人在曙光初灿的时刻，怀着兴奋的心情匆匆告别白帝城。江陵本非李白的家乡，而作者却用"还"字，亲切得俨如回乡一样，也隐隐透露出遇赦的喜悦。诗人还用猿声、山影来烘托，并用"轻"字来形象地描绘船之快。轻舟如箭，诗人也历尽艰险，重履康庄，这种快感不言而喻。

最后两句既是写景，又是比兴，既是个人心情的表达，又是人生经验的总结，因物兴感，精妙绝伦。全诗洋溢的是诗人经过艰难岁月之后突然迸发的一种激情，又有豪情欢悦。千百年来，此诗一直被人视若珍品，读来是那样悠扬、轻快，令人百诵不厌。

子夜吴歌①·秋歌

[唐] 李白

长安一片月，万户捣衣②声。
秋风吹不尽，总是玉关③情。
何日平胡虏，良人④罢远征。

注释

①子夜吴歌：乐府诗题，又称"子夜歌"，属乐府吴声曲词。《唐书·乐志》载："子夜歌者，晋曲也。晋有女子名子夜，造此声，声过哀苦。"②捣衣：古人把衣料放在石砧上用棒槌捶击，使衣料绵软以便裁缝；或将洗过头次的脏衣放在石板上捶击，去浑水，再清洗，能将衣服洗得更干净。③玉关：玉门关，此处代指女子丈夫的戍边之地。④良人：古时妇女对丈夫的称呼。

译 文

　　长安城的上空一片明月高悬，千家万户传出捣衣之声。秋风阵阵，吹不完思妇们对戍边丈夫的思念之情。哪天才能扫平来犯的敌人，让夫君从此不再远征？

赏 析

　　《子夜吴歌》向来以四句为体，其内容多以女子思念情人的哀怨为主，每首六句则是李白的创造，是对《子夜吴歌》的一种演化。《子夜吴歌》要求造句轻松流利，音节和谐，用韵上则平仄不限。

　　李白的《子夜吴歌》共四首，其中《春歌》和《夏歌》是以罗敷与西施为主题，最为人称道的是《秋歌》和《冬歌》。《秋歌》在写作手法上先景后情，情景之间，绵绵不绝。望月怀人，本属常事，秋月之下制秋衣，月明如水，砧声入耳，一层层将思妇的情感推进；见景不见人，而人物已然存在。最后以"何日平胡虏，良人罢远征"作结，荡气回肠，出人意表，又如四弦乍止，余音未绝。王船山评此诗道："前四句是天壤间生成好句，被太白拾得。"

春夜洛城①闻②笛

[唐] 李白

谁家玉笛③暗飞声，散入春风满④洛城。
此夜曲中闻折柳⑤，何人不起故园⑥情。

注 释

①洛城：洛阳城。②闻：听见。③玉笛：笛子的美称。④满：传遍。⑤折柳：指笛曲《折杨柳》，汉代乐府名曲，内容多叙离别之情。⑥故园：故乡，家乡。

译 文

不知道谁家的玉笛奏出婉转缠绵的乐曲，随着春风飘散到整座洛阳城。在这样的春夜，听到如泣如诉的《折杨柳》乐曲，谁不会生出对故乡的思念之情呢？

赏 析

此七言绝句抒发的是思乡之情，大约为开元二十二年（734），李白客居洛城（今河南洛阳）时所作。李白的故乡是四川，二十余岁便游历在外，故而本诗中传达的情感尤为真挚恳切，动人心弦。

诗作紧扣题旨，开篇便落笔于笛声，却并没有从正面写闻笛，而是变客体为主体，写笛声暗飞。其中，"暗"字用得十分绝妙，不仅与"谁家"二字相照应，为笛声的来处增添了一抹神秘的色彩，同时与夜色相映衬，含有断续、隐约的意味。

次句以夸张的手法，写笛声随风飘送，仿佛渐渐盈满了整座洛阳城。这样传神的描写，令读者感受到了夜的静谧、笛声的动听，似乎在不知不觉间亦融入了诗人的听觉和想象，凝神静听着那时而清晰时而隐约的笛音……

第三句中的"折柳"可作两种解读，既能理解为笛乐《折杨柳》，也可以理解为笛声缥缈幽怨，触动了诗人的思乡情怀。"柳"谐音"留"，在传统文化中蕴含惜别、盼归之意，折柳相赠也成为古人表达思念、留恋的一种习俗。而诗人因春夜闻笛引发故园愁思，正可证明这笛声是多么哀怨缠绵了。在这样的夜晚，听到这样的笛声，有谁会不思念故乡呢？末句"何人不起故园情"一问，诗人以肯定口吻道出，更加重了思乡情感的表达，尤显余韵无穷。

忆秦娥① · 箫声咽

[唐]李白

箫声咽，秦娥梦断②秦楼月。秦楼月，年年柳色，灞陵③伤别④。

乐游原⑤上清秋节⑥，咸阳⑦古道音尘绝。音尘绝，西风残照，汉家陵阙。

🎋**注 释**

①秦：指秦地，即长安。娥：泛指美丽的女子。②梦断：梦

被打断，即梦醒。③灞陵：汉文帝陵墓所在地，在今陕西西安东。当地有一座桥名为灞桥，为通往华北、东南等各地的必经之路，所以当时人们送别也多在此地。④伤别：为离别而伤心。⑤乐游原：汉宣帝游乐苑故址，又叫"乐游园"，地势较高，是唐代的登高游览之地。⑥清秋节：重阳节。⑦咸阳：秦朝京城。汉、唐时从京城长安往西北经商或从军，咸阳为必经之地。

🍃译 文

夜半忽闻幽怨呜咽的箫声，秦娥从梦中惊醒。只见楼外一轮明月孤悬，清冷的月光照在青青柳树上，让人想起那年灞陵的伤心离别。

又是一年重阳佳节，秦娥登上乐游原，遥望咸阳古道，可叹那人一去就了无踪影，音信断绝。良人不见啊，音信断绝，萧瑟西风中，如血的残阳将余晖铺满了汉朝留下的陵墓和宫殿。

🍃赏 析

这首词描写了一位美丽女子思念爱人而不得见的凄苦心情，于婉约哀伤之中又透出一种宏阔博大的气象，令后世的词评家惊叹不已。

上阕写伤别。以箫声起笔,一个"咽"字就将箫音的低沉哀怨表现得淋漓尽致、力透纸背,令人不得不佩服诗仙的笔力。"灞陵伤别"是由柳色触发的回忆,这一"伤别",不只是秦娥之离愁别恨,从汉至唐,多少年、多少代人在此地洒泪而别,此四字赋予了作品普遍的悲剧色彩,境界顿时变得阔大起来。这样的箫声和月夜,再加上这样美丽哀怨的女子,短短二十一字就营造出一个哀而美的画境,画境中流溢着思念与忧伤。

下阕写伤逝。秦娥于重阳佳节登高望远,切切期盼之情溢于言表,但她苦苦等待的人依然不见踪影,了无音信。那样深情的离别后再无音信,是无情,抑或无奈?令读者禁不住浮想联翩。音尘绝之反复咏叹,与上阕的"秦楼月"一样,本是乐曲的要求,但也令词中蕴含的凄清之情回环往复,感人肺腑。接下来太白的如椽巨笔又转入写景,咸阳、古道、萧瑟西风、夕阳残照中的汉家陵阙,气象突然为之开阔,意境也愈显深远,令读者顿生怀古伤今之情。

此词句句自然,而字字锤炼,掷地作金石声,同时意境博大开阔,风格宏妙浑厚,所以后人把它与《菩萨蛮·平林漠漠烟如织》一起誉为"百代词曲之祖"。

请根据以下线索,写出一联诗句。

□ 诗题是金陵一处名胜。
□ 诗中写到一种鸟。
□ 作者不是李白。
□ 诗句中包含了魏晋时期的两个大家族。

诗词拾趣

月夜

[唐] 杜甫

今夜鄜州①月，闺中②只独看。

遥怜③小儿女，未解④忆长安。

香雾云鬟⑤湿，清辉玉臂寒。

何时倚虚幌⑥，双照⑦泪痕干。

注释

①鄜（fū）州：今陕西省富县。②闺中：指作者的妻子。闺，闺房，旧时称女子居住的内室。③怜：想。④未解：尚不懂得。⑤云鬟（huán）：女子乌黑浓密的头发。⑥虚幌：薄而透明的窗帷。幌，帷幔。⑦双照：共照两人。

译文

今夜鄜州的月亮一定又圆又亮，遥想闺中妻子，只能独自观赏。可怜一双儿女尚年幼，还不懂得她为何思念长安。夜深露重，雾气升腾，缭绕的香雾濡湿了她的秀发；月色清冷，使她的玉臂生出寒意。什么时候我们能够团聚？一起倚在窗前的帷幔旁，让月光照干我们脸上的泪痕。

赏析

天宝十一载（752）六月，安史叛军破潼关，杜甫携家口避居鄜州三川羌村。七月肃宗即位，杜甫离家赴行，中途被俘，进入长安，此

67

诗即其在长安时所作，望月思妻儿，情深意切，千百年来被人们传诵不绝。

"今夜鄜州月，闺中只独看"，诗人羁身长安，生死未卜，但念念之中不忘妻儿。想到妻子处身鄜州，为诗人担忧，诗人由此处着笔，有情然后动容，神驰万里。一个"独"字显现了妻子对诗人的思念与担忧，同时也为引出下文做了铺垫。"遥怜小儿女，未解忆长安"，妻子的"独看"无疑是与小儿女"未解忆长安"相互照应的。一个"怜"字，一个"忆"字，多少辛酸，多少苦楚，小儿女的天真稚幼，与妻子的"独"更相比衬，足见诗人饱含深情，其诗更加感人肺腑。

"香雾云鬟湿，清辉玉臂寒"，这是诗人对望月忆夫的妻子形象的写照，雾湿云鬟，月寒玉臂，说明时间已经是更深夜半，忧心忡忡的妻子难以入睡。这是诗人的想象，也是诗人自己的感受，诗人又何尝不是在夜深人静之时独对孤月、思念家人呢？

"何时倚虚幌，双照泪痕干"，诗人希望与妻儿早日团聚，在团聚中一同望月，让月光照干两人面上的泪痕，而今日独看，那么言外之意则是泪痕未干。这首诗因月起兴，诗人将天下离乱时自己内心的悲哀在诗中表现得淋漓尽致，字里行间情真意切，词旨委婉，章法严谨。

春夜喜雨

〔唐〕杜甫

好雨知时节，当春乃发生^①。
随风潜^②入夜，润物细无声。
野径^③云俱^④黑，江船火独明。
晓看红湿处^⑤，花重^⑥锦官城^⑦。

注释

①当春：在春天。乃：就。发生：使植物萌发、生长。②潜：静悄悄。③野径：田野间的小路。④俱：都。⑤红湿处：被雨水打湿的花丛。⑥花重（zhòng）：花儿因饱含雨水而显得沉重。⑦锦官城：指成都。成都在西汉时期因织锦业发达，而专设锦官管理，故有"锦官城"之称。

译文

一场好雨仿佛知道时节一般，在这万物勃发的春天下起来了。它随春风轻轻飘落，于无声之中滋润着万物。田野里的小路上漆黑一片，只有远远江中渔船上的一点灯火还亮着。明天早晨看那含露带雨的娇艳花朵，整座锦官城都被沉甸甸的花儿装点得更加生机勃勃、五彩缤纷。

赏析

"好雨知时节，当春乃发生"，"好雨"二字既是写景，又是写情。诗人运用了拟人手法，将这场夜雨人格化了。这雨似乎明白了万物的

心思，悄然而至，它的到来极富人情味儿。"随风潜入夜，润物细无声"，春风是和煦的，这场雨随风而来，诗人用了一个"潜"字，好像这雨不愿去惊扰睡梦中的人们，不愿意惊扰刚刚苏醒的万物。另一个"细"字，则将春雨轻柔而下的状态概括得细致入微。

"野径云俱黑，江船火独明"，诗人听着雨声，情不自禁地打开呈门向外看去，浣花草堂之外阴云密布，细雨绵绵，一切都被这雨遮掩起来，连门前的小径也难以分辨。唯一例外的是在远处还有那一点红光摇曳，原来是远处江上渔船的灯火。这是多么迷人的雨夜郊外景象，雨是这个夜晚独一无二的主角，其他的都是陪衬。诗人作为一个沉默的观察者，凭着那颗恬然的心在和雨互动，四肢百骸都融入了雨中。

"晓看红湿处，花重锦官城"，经过一夜春雨的洗礼，城中已经开放的花儿们一定会饱受雨水的滋润，生机勃然，鲜红欲滴。"红湿"二字说明了雨的滋润程度，一个"重"字更将雨后的春意盎然刻画得淋漓尽致。这首诗通篇写景却处处含情，通篇都是诗人的所闻所见，但是丝毫没有将这首诗的主角"雨"的形象减弱。因为雨，诗人心中才有了"喜"，喜悦隐藏在雨的背后呼之欲出，可见诗人之匠心独运。

枫桥^①夜泊

[唐] 张继

月落乌啼霜满天，江枫渔火对愁眠。
姑苏^②城外寒山寺^③，夜半钟声^④到客船。

注释

①枫桥：在今江苏苏州西郊。②姑苏：苏州的别称。③寒山寺：在姑苏城西十里枫桥东，相传唐初诗僧寒山曾住此寺，因而得名。④夜半钟声：当时僧寺有夜半敲钟的习惯，也叫无常钟。

译文

月亮已经落下，乌鸦突然啼鸣，冷冷寒霜笼罩了天地，我独对着江边的红枫、江中的渔火，愁绪满怀，难以入眠。夜已经深了，姑苏城外寒山寺中的夜半钟声，传到了我乘坐的客船中。

赏析

《枫桥夜泊》是一首著名的绝句。诗以白描的手法写出了江边静夜的景致，抒发了作者的羁旅愁怀。诗的第一句"月落乌啼霜满天"，就营造出了凄冷孤寂的惨淡秋夜景象。诗人身处孤舟，夜幕已经降下，忽然耳边响起了一阵乌鸦的啼叫声，这宿巢的乌鸦不知是受了什么惊吓，突然叫了起来，一下子打破了夜的沉寂。寒霜也已降下，寒气阵阵袭人。这样的景象和突如其来的声响，使得整个环境越发显得空旷、凄凉和悲楚。

"江枫渔火对愁眠"，接下来，诗人将目光从远处渐渐收回，自己也回到船舱里，试图进入梦乡，却无法入眠。面对江边鲜红的枫叶，江上星星点点的渔火，这渔火、江枫构成了一幅绝佳的秋景图。无奈诗人的心绪不佳，对诗人来说，枫叶成了秋重霜浓的一种象征，而渔火星星点点，闪烁不定，透露出的却是诗人冷落孤寂、漂泊不定的生活实际。"春女思，秋士悲"，面对此景此情，诗人的情绪一下子坏到了极点，在船舱中黯然神伤，更不要说安眠了。"对愁眠"三个字将诗人因所处之地、所对之景而产生的满腹惆怅，准确地表达了出来，真可谓洒脱自然，不事雕琢。

"姑苏城外寒山寺，夜半钟声到客船"，刚才那种似乎已经凝固了的孤苦寂寞的景象一下子被打破了。原本身处极度枯寂静谧中愁苦难眠的诗人，将这远处来的夜半钟声听得非常清晰。"到"字说明这钟声是从远处的寒山寺徐徐传来的，这钟声一下子敲在诗人的心坎儿上，无形中将诗人的孤寂推到了极致，将整首诗所营造的感情氛围也推到了高潮。月落、乌啼、霜天、江枫、渔火、古寺、钟声等众多独特的景色，都毫无痕迹地融入了诗人的感情中，使得整首诗蕴藉深婉，感人至深。

夜上受降城①闻笛

[唐] 李益

回乐烽②前沙似雪，受降城外月如霜。
不知何处吹芦管③，一夜征人④尽⑤望乡。

注释

①受降城：有两种说法，一说指西受降城，故址在今内蒙古

杭锦后旗乌加河北岸。另一种说法是唐太宗亲临灵州接受突厥一部的投降，当地遂冠名"受降城"，故址在今宁夏灵武西南。②回乐烽：烽火台名，在受降城附近。一作"回乐峰"，为山峰名。③芦管：一作"芦笛"，指笛子。④征人：出征或戍边的将士。⑤尽：全，都。

译 文

我于夜晚登上受降城，看到回乐烽前面的黄沙在月色之下像雪一般洁白，清冷的月光像冷冷寒霜铺了满地。不知哪里吹起了笛子，曲声哀怨苍凉，让守边的将士们油然而生一股思乡之情。

赏 析

这是一首描写戍边将士乡情的诗作，全诗充满了浓烈的乡思和哀愁，令人动容。

前两句写景，诗人于夜晚登上受降城，看到了别具特色的边塞风景。远看，一座座烽火台耸立于沙丘之上，烽火台下是一望无垠的沙漠，在月光的映照下如同积雪的荒原。近看，受降城外月光皎洁，如同寒霜铺地。以雪喻黄沙，以霜喻月光，摄住景物之神的同时，更渲染出一种凄苦、寒凉之意，与边关将士的思乡之情呼应。

后两句正面写情。在夜晚的一片寂静之中，夜风送来呜呜咽咽的笛声，这是哪座烽火台上的兵士在借笛声倾诉满腹乡情？那幽怨的笛声又触动了多少人的乡思？诗人以"一夜征人尽望乡"结束全诗，在营造出一幅优美画面的同时戛然而止，让人回味无穷。

这首诗造句清新质朴而富于画意，节奏平缓，寓情于景，以景写情，写出了征人眼前之景、心中之情，感人肺腑。

江城子①·密州出猎②

[宋]苏轼

老夫③聊④发少年狂，左牵黄⑤，右擎苍⑥，锦帽貂裘，千骑卷平冈。为报倾城随太守，亲射虎，看孙郎⑦。

酒酣胸胆尚开张，鬓微霜，又何妨！持节云中，何日遣冯唐⑧？会挽雕弓⑨如满月，西北望，射天狼⑩。

注释

①江城子：词牌名。原为单调，至苏轼时定型为双调。②密州：今山东诸城。宋神宗熙宁七年（1074），苏轼由杭州通判迁为密州知州。这首词是次年冬天与同僚出城打猎时所作。③老夫：作者的自称。④聊：姑且，暂且。⑤黄：黄犬。⑥苍：苍鹰。⑦亲射虎，看孙郎：看孙郎，亲射虎。孙郎，指孙权。孙权曾骑马射虎，此处是作者以孙权自喻。⑧何日遣冯唐：此处用典，指汉文帝时，云中太守魏尚因罪被削职，后来文帝听取冯唐的劝谏，派他持符节去云中赦免了魏尚。⑨雕弓：雕饰有彩绘花纹的弓。⑩天狼：天狼星，又名犬星，主侵掠，这里喻指侵扰西北边境的西夏军队。

译文

老夫我姑且抒发一下少年人的豪情壮志，左手牵黄狗，右手架苍鹰，戴上锦织的帽子，穿上裘皮战衣，率领千余骑人马从平冈上如风一般席卷而过。为我报知全城百姓，随我出猎。我要像孙权那样，亲自射杀一只老虎。

酒意微醺，让我的胸怀更加开阔，胆气更加豪壮，即使鬓边已有了银丝又有什么关系！朝廷什么时候能像汉文帝令冯唐拿着符节去云中赦免魏尚一样来赦免我、重用我呢？如果那样的话，我一定会把弓拉开如满月，瞄准西北方向，狠狠地向敌人射击。

赏 析

这首词是苏轼的豪放词代表作之一，作于宋神宗熙宁八年（1075）冬。

词作上阕叙事，描绘了一幅壮观的出猎图。作者虽自称老夫，却丝毫不减少年"狂"性，穿戴起锦帽貂裘，左手牵着黄犬，右臂驾着雄鹰，带着浩浩荡荡的队伍，如疾风一般驰过平冈。而百姓们也几乎全城出动来围观太守狩猎，那样的声势和排场，那样的热闹与热情，更令他豪兴顿发：看我像三国时单枪匹马与猛虎搏斗的孙权一样，亲自挽弓射虎吧！

转入下阕，作者进一步抒发着心中的壮志豪情。"酒酣胸胆尚开张"，言明自己喝了酒后更加气粗胆壮，即使鬓边已经添了白发，又有什么妨碍呢？老当益壮的自己仍然可以挽弓狩猎，可以报效国家！其实，这时候的苏轼年仅三十九岁，因反对王安石新法才自请外任，所以难免觉得壮志难酬，郁积于心。而这次出猎勾起了他的"狂"兴，他情不自禁地以抗击匈奴有功却获罪的魏尚自比，希望朝廷早日派冯唐"持节云中"，让自己能奔赴边事紧张的西北，杀敌卫国！最后，作者为自己勾勒了一个挽弓如满月、将利箭向西北方的敌人狠狠射去的英雄形象。

词篇从出猎开始，以请战收尾，风格纵横奔放，气势豪迈，大异于以温庭筠、柳永为代表的传统词风，在词的发展史上有着里程碑式的意义。

满江红·小住京华

秋瑾

小住京华①，早又是中秋佳节。为篱下黄花开遍，秋容如拭。四面歌残终破楚②，八年风味徒思浙③。苦将侬④强派作蛾眉⑤，殊未屑⑥！

身不得，男儿列。心却比，男儿烈。算平生肝胆，因人常热⑦。俗子胸襟谁识我？英雄末路当磨折。莽⑧红尘何处觅知音？青衫湿⑨！

注释

①京华：指北京。②四面歌残终破楚：化用《史记·项羽本纪》中"四面楚歌"的典故，指代当时中国的形势危急。③徒思：空想。浙：浙江。④苦将侬：苦苦地让我。⑤蛾眉：女子细长而略弯的眉毛，这里指代女子。⑥殊：很，甚。未屑：不屑，轻视。⑦因人常热：屡次为别人的行为感到激动。热，激动。⑧莽：广大。⑨青衫湿：失意伤心。借用唐白居易《琵琶行》中诗句"座中泣下谁最多？江州司马青衫湿"。青衫，唐代文官八品、九品官服为青色，官阶较低。

译文

我在京城小住一段时间，转眼就到了中秋佳节。门前的篱笆下面菊花盛开，秋色明净得如擦拭过一般。如今国家危机四伏，陷入四面楚歌之中，帝国列强虎视眈眈；我自结婚八年来困于家庭，空想着家乡浙江的风味。家人苦劝我安心做一个美丽的贵妇人，我对此是多么不屑啊！

生为女子，虽然身体不能居于男子的行列，但我的心要比男子还刚烈！我平时也有侠肝义胆的一面，常常会因为别人的慷慨激昂而热血沸腾。那些胸襟狭隘的凡夫俗子怎么能理解我呢？英雄在无路可走时难免要经历一番非同寻常的磨难挫折。在这莽莽人世之中，我的知音在哪里呢？想到此处不免伤怀，泪下沾襟。

赏析

这是近代民主革命志士秋瑾在 1903 年中秋节的述怀之作。时值八国联军侵华后不久，她亲眼见到日益深重的民族危机和清政府的腐败，立志以身报国。作此词后不久，秋瑾便冲破封建家庭牢笼，投身于革命。这首慷慨激昂的词作就是秋瑾投身于革命前的心灵写照。

词上阕"小住京华，早又是中秋佳节"交代了创作时间和地点，词人在中秋佳节之时暂住北京。"为篱下黄花开遍，秋容如拭"，承上面的中秋时节，写篱笆下开满了黄花，秋色明净，如同被擦拭过一般。景色美好，秋高气爽。"四面歌残终破楚，八年风味徒思浙"，开始转入对词人境况的描写，词人嫁入湖南王氏已有八年，这八年间只能空想着浙江的风味，身居北京，目睹列强侵华，国家早已是四面楚歌。词人在诉说自身境况时，也对国家的局势做一判断，这就为下阕词人想要以身报国做了铺垫。上阕的最后"苦将侬强派作蛾眉，殊未屑"，跟随丈夫来到北京的词人，虽过着养尊处优的生活，但她并不满意，对这种被禁锢的生活是多么不屑呀！这两句词直接写出词人对其生活境况的不满，她想要追求自由自立的生活。

词的下阕展现了一个革命志士的心志，语调也激昂豪迈，但豪情之余却是知音难觅，泪湿青衫。"身不得，男儿列。心却比，男儿烈"写出词人恨不能身为男儿杀敌报国，但是她内心有着男儿一般的刚强品性。这里面"身"与"心"做对比，突出了词人巾帼不让须眉，欲像男儿一样杀身成仁的壮志；同时，"男儿列""男儿烈"为同音，具有一种节奏美。"算平生肝胆，因人常热"一句写出词人侠肝义胆，每遇忠义之事，内心便十分感动。接着笔锋一转，"俗子胸襟谁识我？英雄末路当磨折"，可悲的是，词人的赤诚之心无人理解，那些凡夫俗子怎么会理解这种心志？奈何其一身正气如英雄，也到了穷途末路。这就凸显了理想与现实的巨大反差，凸显一个女性投身于革命时遭遇的巨大阻力。"莽红尘何处觅知音？青衫湿"，词人最后发出呼号：在这茫茫红尘里，到哪去寻觅知音？知音无觅处，词人只能泪湿青衫。词人追求革命进步的路上将会有太多折磨和打击，却无人真心扶持，不觉伤心落泪。这也反映出一个刚刚踏上革命道路的革命者内心的不安。但这泪水，不是消极的自怨自艾，而是积极的探索和追寻，擦干眼泪，词人将满怀斗志，勇敢前进。

这首词基调高昂，语言刚健豪迈，曲折地反映了革命者秋瑾在参加革命前复杂矛盾的心情，真切感人，表达了秋瑾不顾磨难，决心投身于革命的壮志豪情。

饮食

七步诗①

[三国] 曹植

煮豆持作羹②，漉菽③以为汁。
萁④在釜⑤下燃，豆在釜中泣。
本自同根生，相煎⑥何太急？

🌿**注释**

　　①七步诗：此诗有两个版本传世，这首为六句版本。另一四句版本见于唐代《初学记》："煮豆燃豆萁，豆在釜中泣。本是同根生，相煎何太急？"②持：用来，用作。羹：糊状食物。③漉（lù）：过滤。菽（shū）：煮熟后发酵过的豆。有版本也作"豉"（chǐ）。④萁（qí）：豆茎，晒干后用作柴火烧。⑤釜（fǔ）：古时炊具，相当于锅。⑥煎：煎熬，这里比喻迫害。

🌿**译文**

　　煮豆做豆羹，把豆子的残渣过滤出去，留下来豆汁。豆秸在锅底燃烧，豆子在锅里哭泣。豆子和豆秸本是一条根上生长出来的，豆秸为什么要这么急迫地煎熬豆子呢？

🌱 赏 析

相传这首诗七步而成，诗人在面对魏文帝曹丕的死亡威胁时，从容应对，以浅显应景的比喻于极短的时间内作出这首诗，竟使"帝（曹丕）深有惭色"。

前四句"煮豆持作羹，漉菽以为汁。其在釜下燃，豆在釜中泣"用煮豆做譬喻，交代了曹植、曹丕两兄弟所处的地位，也为后两句抒情做了铺垫。后两句"本自同根生，相煎何太急"是双关语。以豆与豆其同根而生，表明曹丕与曹植乃手足同胞；而豆其煎熬豆子，比喻曹丕想迫害曹植。兄弟反目，骨肉相残，这是诗人不愿意看到的。他不惧死亡，责问曹丕"相煎何太急"，慷慨激昂，欲以掷地有声的话语来唤醒曹丕。纵然曹植最终也没有改变骨肉相残的局面，但我们从这首短诗中可以窥见曹植的不屈气节，亦惊叹于曹植七步成佳作的才气。

凉州词①二首（其一）

[唐] 王翰

葡萄美酒夜光杯②，欲饮琵琶马上催。
醉卧沙场③君莫笑，古来征战几人回？

注释

①凉州词：曲名，起源于凉州（今甘肃武威）一带。②夜光杯：玉质酒杯，夜间能够发光。这里泛指华美的酒杯。③沙场：战场。

译文

甘醇的葡萄酒倒满了精美的酒杯，将士们正要举杯痛饮，忽听马上琵琶声大作，仿佛在催人出发。如果有人喝醉倒在战场上，大家不要笑他，从古至今的战争中，多少人马革裹尸，能活着回来的有几个呢？

赏析

这首诗常为人所误解。许多解读者都认为这首诗是在控诉战争的残酷，其实不然。王翰的《凉州词》整首诗的基调都是欢快豪放的，即便是"古来征战几人回"如谶言一般的尾句，也是将士们欢宴时的劝酒之词。将士们胸襟磊落、不惧生死的形象跃然纸上。

首句"葡萄美酒夜光杯"仿佛一个精心布置的特写镜头。夜光杯相传是周穆王时胡人以白玉所造的酒杯，因"光明夜照"得名。荧荧夜光杯在夜色中散发出神秘而幽冷的光芒，杯中荡漾着殷红的葡萄酒，散发出醉人的芬芳。酒色入杯便与鲜血一般无异，饮酒犹如饮血。岳武穆词云"壮志饥餐胡虏肉，笑谈渴饮匈奴血"，岂不壮哉！诗人在此处的描写可谓别出心裁，极具色彩与画面之美感。

"欲饮琵琶马上催"一句，顿时将豪饮的将士们勾勒出来。将士们举杯欲饮，却听见急促的琵琶声在马上响起，"嘈嘈切切错杂弹，大珠小珠落玉盘"，催促着将士们饮尽杯中之酒。这狂欢的场面热情洋溢，我们仿佛可以见到宴席之上觥筹交错，笑闹声、琵琶奏乐声、酒觥相撞声，热闹非常，十分具有感染力。

"醉卧沙场君莫笑，古来征战几人回？"欢宴过半，酒意微醺，在这欢闹之中，有人继续劝酒，说道："便是喝个酩酊大醉，卧倒沙场，你们也莫要笑他啊，毕竟连年征战，又有几人能够活着回到家乡？不如趁此刻纵情享乐，不醉不归吧！"对这两句诗的解释，向来众说纷纭。有人认为此句"故作豪饮之词，然悲感已极"，认为在战争中朝不保夕，暂时的欢乐终将成为过去，最终只能落一个白骨曝于野的下场；而另有人认为"作悲伤语读便浅，作谐谑语读便妙，在学人领悟"。将这两句诗解作悲伤之语，乃矮化原诗，不得精髓，若是当作劝酒时的戏谑之语，便觉妙不可言了。也正是这两句诗，把将士们纵情豪饮的朝气蓬勃、活泼生猛淋漓尽致地展现了出来，而这才是本诗最感染人的地方。

葡萄酒、夜光杯、琵琶皆传自胡人，却成为唐军欢宴时所饮所用所闻之物。大唐万国来朝的气度显现无疑。而王翰所处年代是唐朝向着开元盛世前进的时代，那时的大唐气韵恢宏，意气风发，所向无敌，萧瑟衰落之气未显，"宁为百夫长，胜作一书生"乃当时人的共同理想。在这样的历史环境之下，"唱衰"的诗词难有一见。这首诗想必也不会以乐写悲。至于一些学者认为的"诗意在末句，而以饮酒引之，沉痛语也"，其实并非诗人本意。

我们在读诗之时，不能凭空臆想，而是需要在时代背景的大环境之下对诗词意义进行考量，这样才是"解古人之味"的正确方式，诗人所想传达的感情才会更加清晰地传到我们这里。

诗词拾趣

酒字飞花令

对酒当歌，人生几何。——［东汉］曹操

明月几时有，把酒问青天。——［宋］苏轼

开轩面场圃，把酒话桑麻。——［唐］孟浩然

兰陵美酒郁金香，玉碗盛来琥珀光。——［唐］李白

五花马，千金裘，呼儿将出换美酒，与尔同销万古愁。——［唐］李白

陈王昔时宴平乐，斗酒十千恣欢谑。——［唐］李白

三杯两盏淡酒，怎敌他、晚来风急。——［宋］李清照

莫笑农家腊酒浑，丰年留客足鸡豚。——［宋］陆游

白日放歌须纵酒，青春作伴好还乡。——［唐］杜甫

今日听君歌一曲，暂凭杯酒长精神。——［唐］刘禹锡

借问酒家何处有，牧童遥指杏花村。——［唐］杜牧

一曲新词酒一杯，去年天气旧亭台。——［宋］晏殊

酒入愁肠，化作相思泪。——［宋］范仲淹

浊酒一杯家万里，燕然未勒归无计。——［宋］范仲淹

千里莺啼绿映红，水村山郭酒旗风。——［唐］杜牧

东篱把酒黄昏后，有暗香盈袖。——［宋］李清照

烟笼寒水月笼沙，夜泊秦淮近酒家。——［唐］杜牧

今宵酒醒何处，杨柳岸，晓风残月。——［宋］柳永

对酒当歌，强乐还无味。——［宋］柳永

田家

[唐] 王维

旧谷行将①尽，良苗未可希②。

老年方③爱④粥，卒岁⑤且无衣。

雀乳⑥青苔井，鸡鸣白板扉⑦。

柴车驾羸牸⑧，草屦⑨牧豪豨⑩，

夕雨红榴拆⑪，新秋绿芋肥。

饷田⑫桑下憩，旁⑬舍草中归。

住处名愚谷⑭，何烦⑮问是非。

注释

①行将：即将。②希：希望，这里是指望的意思。③方：正。④爱：吝惜，舍不得。⑤卒岁：整年。⑥乳：指孵化小鸟。⑦白板扉：未上油漆的门。⑧羸牸（léi zì）：瘦弱的母牛。牸，雌性牲畜，这里指母牛。⑨屦（juē）：草鞋。⑩豪豨（xī）：古书上称健壮的肥猪为豪豨。⑪拆：裂开。⑫饷（xiǎng）田：饷的原意是用酒饭招待，这里指送饭到田间地头。⑬旁（bàng）：同"傍"，傍晚。⑭愚谷：愚公谷，相传在今山东临淄西。《说苑·政理篇》记载，齐桓公逐鹿到一个山谷中，见一老翁，就问这个山谷叫什么名字，那老翁回答说叫愚公谷。⑮何烦：谦词，怎么敢劳烦，表示委婉否定。

译 文

去年的谷子快要吃完了，田里的新苗还不到收获时节，还指望不上。老年人连粥都舍不得吃，终年缺少衣服穿。雀儿在长着青苔的井边窠巢中孵化小鸟，公鸡在简陋的门板前啼鸣。瘦弱的母牛拉着粗陋的木车，牧童穿着草鞋放牧健壮的肥猪。昨夜里落下一场雨，红红的石榴熟了，咧开了嘴；在这早秋时节，芋头的叶子翠绿欲滴，芋头又大又圆。农夫终日在田间劳碌，中午家人将饭送来，会在桑树下休息吃饭，一直劳动至傍晚太阳落山才从田里回到家中。我们住的这个地方名叫愚谷，不敢劳烦您来问社会上的是是非非。

赏 析

王维的这首《田家》以诗笔描述了一幅真实的农家生活图景。诗中既没有单纯表现衣食无忧的士大夫隐居后的闲适隐逸之乐，也没有完全聚焦于农民的苦难，诗人笔下的农人生活是清苦的、辛劳的、缺衣少食的，但这样的生活亦不乏自然的野趣，不乏自由的生机，所以这样的生活是苦乐参半的。清新自然的描述给读者带来轻松自在的阅读体验，同时也引发人们的思考，或许苦乐参半才是生活的真谛。

前四句表现农人生活的贫苦，旧谷吃完，新粮未熟，青黄不接，终年缺衣少食。但接下来诗人并未将笔触和情感沉浸于这困苦之中，而是以极工的造句对农村的生活环境进行白描，鸟儿在生了绿苔的井旁孵化、喂养幼雏，公鸡在简陋的木板门前啼鸣，母牛驾着木车，牧童放牧肥猪，这村庄田园中自有一种无拘无束、令人向往的情态。

最妙的是接下来的两句，"夕雨红榴拆，新秋绿芋肥"，诗风突转，一变而为清丽明快。红红的石榴熟了，芋头在翠绿的茎叶下面也长得肥美，红和绿两抹明艳的色彩成为这幅简洁素雅的田园图景中的点睛之笔，同时也说明农家虽然粮食告急，但还不至于忍饥挨饿。至此，诗歌的意趣到达了顶峰。

随后，诗人又转入对农人辛劳的描摹。终日劳作，饭食都要送到田间地头，至天黑才伴着暮色回家。末两句以典作结，流露出对农民的同情和对社会时政的不满，语含愤懑，这正是王维一生仕途失意的曲折体现。

整首诗延续了王维一贯的简约淡远的诗风，意象丰富，色彩鲜明，笔意舒展，开合有度，于现实主义的描述中流露出一丝超世隐居的情致。

送人游吴①

[唐] 杜荀鹤

君到姑苏见，人家尽枕河②。
古宫闲地少③，水巷④小桥多。
夜市卖菱藕，春船载绮罗⑤。
遥知未眠月⑥，乡思在渔歌。

注释

①吴：指苏州，春秋时为吴国的都城，唐代的苏州叫吴郡。②枕河：临河。枕，临近。③古宫：春秋时吴国的王宫，此处借指苏州。闲地少：指房舍楼阁连绵不绝，空地很少。④水巷：一作"水港"，指流经城市的小河。⑤绮罗：指丝绸等华贵的丝织品。一说此处是贵妇、美女的代称。⑥未眠月：月下未眠。

译文

你到了苏州就会看到，那里的房屋都是临河而居。富庶的苏州人烟稠密，屋宇相连，空地极少见。城市里河道纵横，小桥遍布。热闹的夜市上，人们在叫卖菱角和莲藕，华美的游船上载着身着丽服的男女。我知道远方的你在月明之夜不免会对月伤怀，把对家乡的思念寄托在那飘荡的渔歌之中。

赏析

这是一首送别诗，但此诗最为人们称道的地方是摄水乡之魂，用清新简约的文字描绘了一幅声情并茂的江南水乡图。

首联中"人家尽枕河"，短短五字道尽了水乡人家的无限风情。水乡因河成街，街桥相连，依河筑屋，人们推开门窗看见的就是流水，坐船比走路都多。"枕"字将人们行止起居都伴着潺潺流水的生活描摹得唯美浪漫，诗人炼字之工令人惊叹。

额联和颈联描写苏州河渠纵横、屋宇相连，夜市上叫卖菱角和莲藕，再次突出了水乡的特点；官绅贵族们身着华服乘船游乐，反映了苏州的人烟阜盛、繁华富庶。这热闹的夜市图景让人联想到《清明上河图》，可谓诗中有画。

前面六句将水乡特点描摹得淋漓尽致之后，尾联才开始回归主题，

倾诉别情。诗人没有直接写对友人的不舍，而是通过想象曲笔来写，友人到吴地后难免因思念家乡、思念亲友而对月怀人，难以入眠，那就让悠扬的渔歌寄托你的乡思吧。篇末这一叹将离情别绪表达得含蓄蕴藉，耐人寻味。

全诗格调清新活泼，诗人笔下的水乡风光令人读来如身临其境，恍如人在画中游。

元日①

[宋] 王安石

爆竹②声中一岁除③，春风送暖入屠苏④。
千门万户曈曈⑤日，总把新桃⑥换旧符。

注释

①元日：指春节，也就是农历正月初一。②爆竹：古人烧竹子时，会听到竹子发出爆裂声。于春节时烧竹子，作用是驱鬼辟邪，后来发展成放鞭炮。③一岁除：一年已经结束。除，离开。④屠苏：指屠苏酒，古代过年有一种风俗就是饮屠苏酒，大年初一全家一起喝这种用屠苏草浸泡的酒，起到驱邪避瘟疫的作用，保佑长寿。⑤曈（tóng）曈：太阳刚出来时光辉灿烂的样子。⑥桃：桃符。桃符用桃木制成，上面绘神像，据说挂在门上可以避邪。

译文

在噼里啪啦的爆竹声中，旧的一年已经过去，春风轻拂，将阵阵暖意送到人间，也送入人们畅饮的屠苏酒中。千家万户都迎着刚刚升起的朝阳，把大门两旁旧的桃符取下，换上了新的。

赏析

这是一首脍炙人口的歌咏新春之作，王安石写这首诗时正启动变革新政，他主张变法便是要将朝廷旧日弊端尽行清除，从而换取全新景象。因此，这首诗为语意双关之作，既有对新年新气象的恭贺，又

饮食

89

有对政治新局面的美好展望。诗人虽未进行刻意的景致描述，但非常准确地利用当时气氛去发挥烘托作用。正因为如此，此诗一出，近千年来一直为后人所津津乐道，更有甚者将其写入对联，贴到了迎新春的大门之上，可见它的贴切、美好了。

开篇"爆竹声中一岁除，春风送暖入屠苏"，是自古以来传统春节的习俗。响彻耳畔的爆竹声，温暖香甜的屠苏酒，一切都意味着人们迎新纳福、向往新开始的迫切心情。这种心情在"千门万户曈曈日"中得到体现，家家户户如沐春风，看那贴上门的红色桃符何等喜气洋洋。在这积极向上的氛围之内，我们可以感受到诗人当时昂扬激动的心情。这种将景与情、生活与政治暗中相合的表达方法，既含蓄自然，又恰当到位，真可谓贴切之至。

惠州①一绝·食荔枝

[宋] 苏轼

罗浮山②下四时春，卢橘③杨梅次第④新。
日啖⑤荔枝三百颗，不辞长作岭南人。

🎋注释

①惠州：今广东中南部惠州一带。②罗浮山：位于广东，是岭南名山。③卢橘：在东坡诗中指枇杷。④次第：依次，轮流。⑤啖：吃。

译文

罗浮山下一年四季都温暖如春，枇杷、杨梅等水果轮番上市，天天都有新鲜的。如果让我每天吃三百颗荔枝，我愿意永远都做岭南人。

赏析

这是苏轼被贬惠州时作的一首诗，集中体现了东坡豁达淡泊、知足常乐的洒脱性情。

岭南是中国南方五岭以南地区的统称，包括广西、广东、海南、香港、澳门一带，宋代时属蛮荒落后的烟瘴之地。苏轼虽然才冠天下，但无奈政治敏感度太低，新党旧党都不容他，他屡遭贬谪，去的地方越来越偏远。但好在苏老夫子能随遇而安，流连于风景中，体察风物，所以他到达惠州后，不为偏僻荒凉而悲，反为当地丰富多样的新鲜水果而喜。

诗作首句即点明了岭南四时如春的温暖气候，正因为如此温暖，所以物产丰富，枇杷、杨梅、荔枝等各种水果依次上市，让人目不暇接。其中苏轼最爱吃的莫过于荔枝，吃到兴起时大笔一挥，即有"日啖荔枝三百颗，不辞长作岭南人"传世。其中"三百"当然是夸张的说法，但为了能吃到新鲜荔枝，苏轼甘愿终老于岭南，足见他对荔枝的钟爱。

全诗造句浅白如话，但东坡的真性情展露无遗，自有一种名士风流的况味。

诗词拾趣

在下面空格处填上水果的名称。

1. 一骑红尘妃子笑，无人知是 ☐☐ 来。

2. 罗浮山下四时春，☐☐☐☐ 次第新。

3. 流光容易把人抛，红了 ☐☐ ，绿了芭蕉。

4. 花褪残红青 ☐ 小，燕子飞时，绿水人家绕。

5. 夕雨红 ☐ 拆，新秋绿芋肥。

6. 玉盘 ☐☐ 为君设，吴盐如花皎白雪。

浣溪沙①·细雨斜风作晓寒

[宋] 苏轼

细雨斜风作晓寒，淡烟疏柳媚②晴滩③。入淮④清洛⑤渐漫漫⑥。

雪沫乳花⑦浮午盏⑧，蓼茸⑨蒿笋⑩试春盘⑪。人间有味是清欢⑫。

注释

①浣溪沙：原唐代教坊曲名，后为词牌名。这首词为苏轼与友人刘倩叔同游泗州（今安徽泗县）的南山时所作。②媚：美好，这里是使动用法。③滩：指南山附近的十里滩。④淮：淮河。⑤洛：洛涧。⑥漫漫：水势浩大的样子。⑦雪沫乳花：比喻煎茶时上浮的泡沫如同雪和乳一般白。宋人煎茶时以泡沫白色为贵。⑧午盏：指午茶。⑨蓼（liǎo）茸：蓼指一种草本植物，茸指嫩芽。⑩蒿（hāo）笋：一种水生蔬菜。⑪春盘：旧时在立春节气，人们惯用蔬菜、水果或糕饼等装盘作为馈赠亲友的礼物。⑫清欢：清淡的欢愉。

译文

我们出发去游南山的时候，微风轻拂，细细的雨丝斜织着，让人感到微微的寒意。不一会儿，雨后初晴，嫩绿的柳树笼罩在一层淡淡的雾霭之中，使得十里滩更加妩媚动人。洛涧奔流不息汇入淮河，水势渐渐变得浩浩荡荡。

午餐时，我们烹水煮茶，茶沫洁白；接着我们又品尝了新长出的蓼菜嫩芽和蒿笋，鲜美可口。人间真正有滋味的就是这淡淡的欢愉。

赏析

宋神宗元丰七年（1084），苏轼从黄州调任汝州（今河南汝县），赴任途中曾在泗州小住。其间，他与友人刘倩叔同游南山，于是写下这首记游词。

词的上阕描写的是沿途所见的早春景象。第一句写清晨出发时，天气微寒，细雨在轻风的吹拂下斜斜飘落。第二句写来到南山附近的十里滩时，已是雨歇初晴，烟云朦胧，滩边的疏柳姿态婀娜，仿佛妩媚的女子。词人用一个极富动感的"媚"字，将淡烟、疏柳在河滩上的美感写得无比鲜活，也使得雨后初晴、阳光下的早春美景如在读者眼前般生动。同时，词人心中的喜悦也于这样细腻传神的笔触下显露无遗。

第三句写清碧的洛涧水渐流渐远，涌入水势浩大的淮河。事实上，洛涧发源于安徽定远西北，北流至怀远入淮河，而词人身处泗州，并非其目力所能及。词人在这里采用了虚拟的笔法，从而描绘出一幅由联想而生却十分生动逼真的画面。

词的下阕写与友人午时小憩、烹茶野餐的情景。词人选用了香茶、野菜两个典型意象，来凸显彼时闲适的心情，也为后文揭示全词的主旨埋下伏笔。词中以"雪沫"和"乳花"的双重比喻来形容煎茶时上浮的泡沫，夸张而鲜明地体现茶之香；"蓼茸"与"蒿笋"的叠用，则活灵活现地写出了野菜的鲜嫩美味。如此，最后一句"人间有味是清欢"的词作主旨便自然而然地浮现，不仅照彻全篇，对前文的美景、美味、好心情做出总结，也彰显了词人高雅的审美趣味和生活态度。全词以雅致的笔调、精妙的炼字，描绘了一幅色彩清丽、境界悠远的游春图，给人以无尽的审美享受。

望江南①·超然台②作

[宋]苏轼

春未老，风细柳斜斜。试上超然台上望，半壕③春水一城花。烟雨暗千家。

寒食④后，酒醒却咨嗟⑤。休对故人⑥思故国⑦，且将新火⑧试新茶⑨。诗酒趁年华。

注释

①望江南：本是唐代教坊曲名，后用为词牌名。又名"忆江南"。②超然台：位于今山东诸城。③壕：护城河。④寒食：古时清明节前一两天为寒食节，寒食节禁烟火，人们吃冷食。⑤咨嗟：叹息、慨叹。⑥故人：指朋友。⑦故国：指故乡、家乡。⑧新火：唐宋习俗，清明前两天起，禁火三日。节后另取榆柳之火，称"新火"。苏轼在《徐使君分新火》一诗中说"三见清明改新火"。⑨新茶：清明节前采摘的茶。

译文

春天还没有过去，微风轻拂，柳枝斜飞。我登上超然台极目远眺，看到护城河春水荡漾，还未涨满；城里到处鲜花盛开，姹紫嫣红。千家万户都笼罩在一片幽暗的蒙蒙烟雨之中。

寒食节已经过去，酒醉的我虽清醒了，但又生出许多感慨。这时候休要再对着老朋友思念故乡了，姑且点上新火来烹煮一杯新茶，让我们趁着这美丽春光、大好年华饮酒赋诗吧。

赏析

这是苏轼在1076年春天登超然台时所作的一首词，当时正值春末，烟雨蒙蒙，眺望远方之景，不由触动思乡之情，于是写下这首著名的思乡词。对此，苏轼后来在《超然台记》中这样解释："移守胶西……处之期年……园之北，因城以为台者旧矣。稍葺而新之，时相与登览，放意肆志焉。"

苏轼的"放意肆志焉"为谦语，事实上，苏轼年轻时多豪迈，但至中老年之后已经变得越来越超然、淡泊，所以在这首词中更多的是婉约之语，其情细腻，用语婉转，别富清丽之美感。全词情景交融，上阕写景，下阕抒情，景富喜乐，情含哀愁，充分展现乐景衬哀情的写作手法。词人在描写景致时用语极优美，"春未老，风细柳斜斜"一句将暮春的和风融融之态传神地表现了出来，而"烟雨暗千家"则将自己居高临下，放眼城内雨中之景，描述得逼真形象。且有着转变氛围之意，为后面铺下诉情基础，自然贴切。借由烟雨之凄清，自然过渡到寒食节的思乡怀人之情，这种立于细雨扑面之中，独自凭高思远的悲凉氛围，使全篇沉浸于怅然若失的情感之内，让人如临其境，回味无穷。

在词的最后，词人才慢慢道出超然之语，"诗酒趁年华"同时暗合开篇的"春未老"之句，俨然首尾相合，意境全出，使得景致之中渗透情感，情感之中浮现景观，可谓情与景相结合，不但浑然天成，而且意味深长。

游山西村①

[宋] 陆游

莫笑农家腊酒②浑，丰年留客足鸡豚③。
山重水复疑无路，柳暗花明④又一村。

箫鼓⑤追随春社⑥近，衣冠简朴古风存⑦。
从今若许⑧闲乘月⑨，拄杖无时⑩夜叩门。

注 释

①山西村：位于今浙江绍兴。②腊酒：腊月里酿的酒。③足鸡豚（tún）：指菜肴丰富充足。豚，小猪，这里指猪肉。④柳暗花明：柳色深绿，花朵鲜亮。⑤箫鼓：吹奏着箫，击打着鼓。⑥春社：古代把立春后第五个戊日作为春社日，人们在此日祭拜土地神和五谷神，祈求粮食丰收。⑦古风存：存留着古代淳朴民风。⑧若许：如果这样。⑨闲乘月：趁着月明前来闲游。⑩无时：随时。

译 文

不要笑农家自酿的腊酒浑浊，在这丰收的年景，主人为客人准备了丰富、充足的美味佳肴。我在这峰峦叠嶂和曲折流水间迷了路，正不知道该往何处去时，花红柳绿之中突然闪现出一个小山村。村民们吹箫打鼓迎接春社日，这古老的风俗现今依然保留在这群衣着简朴的乡民中间。如果今后还能乘月色随意出门闲游，我就会拄着拐杖随时叩响你的门扉。

赏 析

这首诗作于宋孝宗乾道三年（1167）春，这年，陆游在朝廷遭遇排挤，回到故乡闲居。此诗记载的是陆游游历乡村时的所见所想，诗中描述了当地的待客之道、乡间春景、节日热闹等场景，富有浓厚的生活气息，一派桃花源之景象。

　　首联"莫笑农家腊酒浑，丰年留客足鸡豚"，诗人从做客的感受出发，描写了"腊酒""鸡豚"，腊酒虽然浑浊，但人情深厚，诗人用轻松诙谐的"莫笑""足"等词语让淳朴善良的乡民形象跃然纸上。诗人深知官场阴险黑暗，看到农家如此朴实而又真诚的待客之道，用"莫笑"一词点出了农家待客的热情，也表达出自己的喜悦之情。一个"足"字，也让读者能看到丰收之年农家喜悦宁静的氛围。

　　颔联"山重水复疑无路，柳暗花明又一村"流畅绚丽，开朗明快，为千古佳句。诗人在这里移步换景，运用了双关的手法，既描述了诗人在重重叠叠的山峦间、弯弯绕绕的溪流中寻不到出路的迷惘之际，突然看见前面柳暗花明，豁然开朗，又暗示了世间事物消长变化、绝处可以逢生的人生哲理。

　　颈联"箫鼓追随春社近，衣冠简朴古风存"，诗人采用白描的手法，描绘了一幅随着春社日的临近，箫鼓的声音追随而来，乡民们的衣冠穿戴还留存着简朴的古风的画卷。农家在春社日祭社祈年，期待粮食丰收。陆游在这里更以"古风存"，赞美着这个古老的乡土风俗，表达出他对故土乡民的热爱。

　　尾联"从今若许闲乘月，拄杖无时夜叩门"，清闲无事，趁月色出游，清风竹影，月色朦胧，恰有林泉之思；拄杖而来，叩门煮酒，促膝长谈，何不为生平一大快事？诗人此时有了终老此乡的愿望，但"若许"二字又不免有社会风云的愁思的牵绊，诗篇以频来夜游之情收结，余韵不尽。

　　陆游七律最工，这首七律结构严谨，中间两联，对仗工整，巧写难状之景。山村的纯美风景，百姓的淳朴民风，桃花源也不过如此，怎能不令人心生向往？

人月圆①·山中书事

［元］张可久

兴亡千古繁华梦，诗眼②倦天涯。孔林③乔木，吴宫④蔓草，楚庙⑤寒鸦。

数间茅舍，藏书万卷，投老⑥村家。山中何事？松花酿酒，春水煎茶。

🌿 注释

①人月圆：曲牌名。②诗眼：诗人的洞察力。③孔林：指孔子的墓地，在今山东曲阜。④吴宫：指吴王夫差为西施扩建的宫殿。也有说指三国东吴都城建业（今南京）的故宫。⑤楚庙：指楚国的宗庙。⑥投老：临老，到老。

🌿 译文

千百年历史变幻，兴亡更替，繁华就像梦一样短暂。诗人感慨良多，将疲劳的目光投向天边。想那当年的圣地孔墓，如今杂树成林；曾经绮丽的吴国皇宫，现在荒草蔓延；春秋时楚国的宗庙，也早成了乌鸦出没的废墟。

我在乡村修筑了几间茅屋，里面藏了上万卷书，准备在此终老。整日在山中有什么事呢？不过是用松花来酿酒，用春水煮茶喝。

🌿 赏析

这是一首内蕴丰厚而又清新恬淡的元散曲，借感叹古今兴亡盛衰来表达自己勘破世情、退隐山间的志趣。

首二句气势恢宏，境界深远，"千古"是时间的纵深，"天涯"是空间的广博，诗人从历史想到现世、从纵向与横向两个角度得出了这样的感慨：无论多么强盛的朝代最终都化为了历史烟尘，多么了不起的英雄豪杰都被风吹雨打去，放眼历史长河，繁花似锦与千秋功业都像梦一样转瞬即逝。作者平生足迹曾遍及湘、鄂、皖、苏、浙等各省，劳苦奔波，浪迹天涯，然而终其一生，仅做一些卑微杂职而已，其心中的风尘奔波之苦、落拓不遇之怨、世态炎凉之酸，全都融入了一个"倦"字，令人叹惋。

接下来的三句是对"兴亡千古"的具体铺排，孔墓、吴宫、楚庙，这些地方都曾盛极一时，代表了一个时代，但如今都变得杂树丛生、荒草蔓地，成了寒鸦栖息的断壁残垣，具体印证了前文中世事变幻、繁华如梦的道理。

从"数间"句开始，作者自抒情志，转入对自己山中生活的描写。茅屋数间，藏书万卷，林泉沟壑，绿水青山，这里没有车马红尘的喧嚣，只有诗书酒茶相伴，在这样的村庄田园中终老该是多么惬意啊！末三句"山中何事？松花酿酒，春水煎茶"更是如神来之笔，让人读

请问下列诗句中的哪句和月亮无关？

☐ A. 玉户帘中卷不去，捣衣砧上拂还来。

☐ B. 起舞弄清影，何似在人间。

☐ C. 黄鹤楼中吹玉笛，江城五月落梅花。

☐ D. 不堪盈手赠，还寝梦佳期。

诗词拾趣

来齿颊留香，想来如入画境，山间的恬淡自在与名缰利锁相比，怎不令红尘中的芸芸众生心向往之？

诗词拾趣

时间

P14

句1：飞流直下三千尺

句2：马上相逢无纸笔

P20

B

江河

P30

杜牧

山峰

P39

句1：商女不知亡国恨

句2：零落成泥碾作尘

P42

我寄愁心与明月，

随君直到夜郎西。（"随君"一作"随风"）

P49

泰山

地名

P59

扬州

P66

旧时王谢堂前燕，

飞入寻常百姓家。

选题策划：陈丽辉

文稿整理：明　月　木　梓
　　　　　高　美　林文超
　　　　　吴　峰　袁子峰
　　　　　邓　婧　李旻璇
　　　　　张丽莹

特约编辑：王玉敏

版式设计：段　瑶

排版制作：刘晓东

封面绘制：厚　闲

插图绘制：深圳画意文化